光文社文庫

文庫書下ろし／長編時代小説

動揺

聡四郎巡検譚㈢

上田秀人

光　文　社

この作品は光文社文庫のために書下ろされました。

目次

第一章　叛意あり　11
第二章　忍の矜持　72
第三章　目付の意義　132
第四章　京の役人　192
第五章　古都蠢動《しゅんどう》　252

東海道中宿場図
信濃
甲斐
武蔵
相模
駿河
伊豆
下総
大井川
日坂
金谷
島田
藤枝
岡部
鞠子
府中
江尻
興津
由比
蒲原
吉原
原
沼津
三島
箱根
小田原
大磯
平塚
藤沢
戸塚
程ケ谷
神奈川
川崎
品川
日本橋

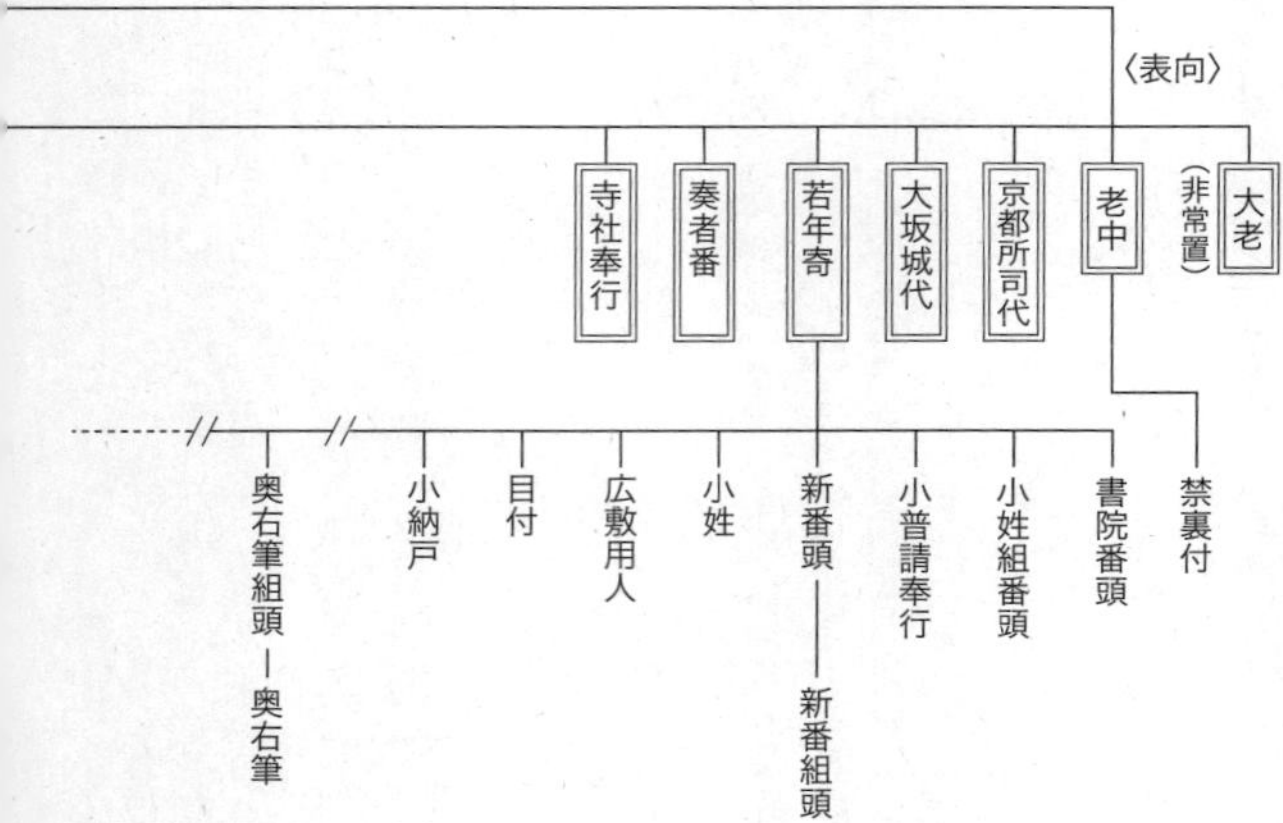
〈表向〉
大老
（非常置）
老中
京都所司代
大坂城代
若年寄
奏者番
寺社奉行
禁裏付
書院番頭
小姓組番頭
小普請奉行
新番頭—新番組頭
小姓
広敷用人
目付
小納戸
奥右筆組頭—奥右筆

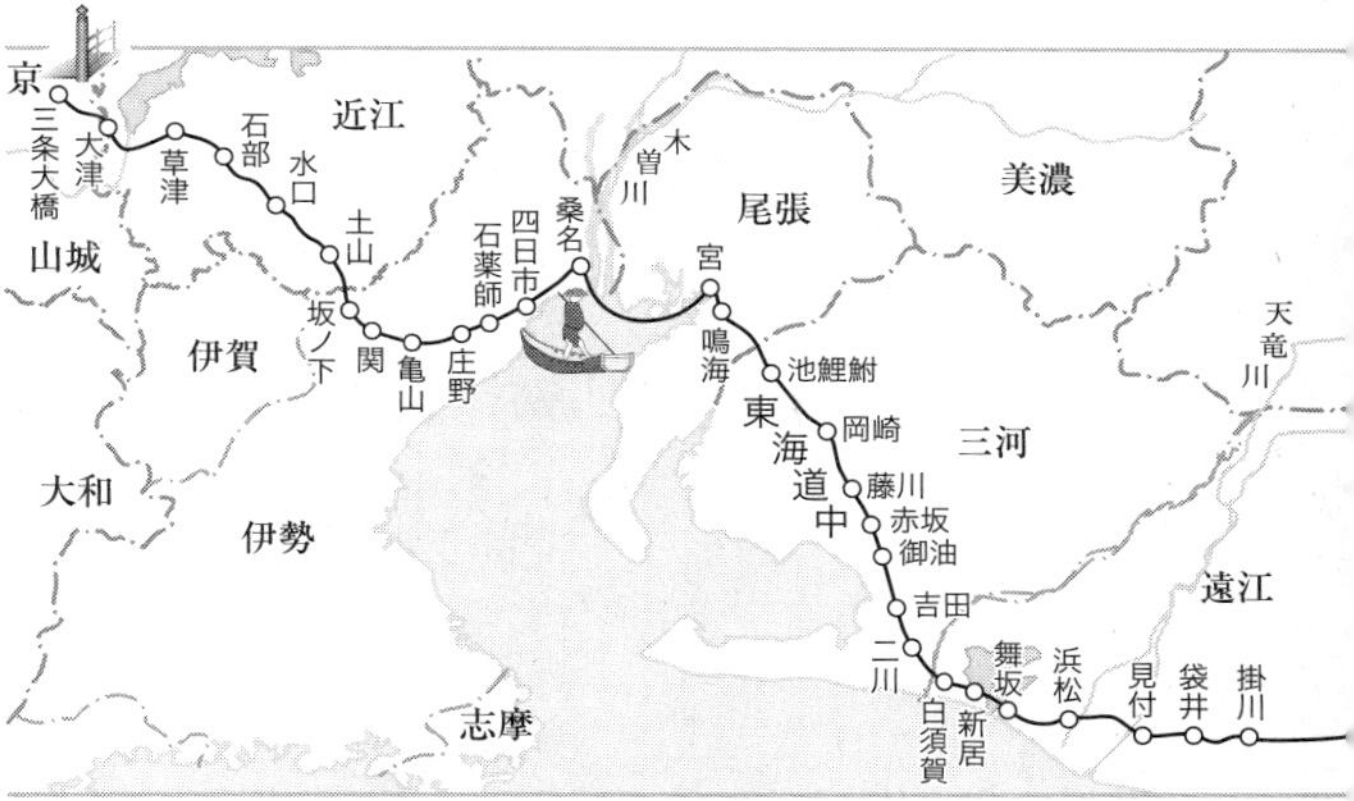
京
三条大橋
大津
草津
石部
水口
土山
坂ノ下
関
亀山
庄野
石薬師
四日市
桑名
宮
鳴海
池鯉鮒
岡崎
藤川
赤坂
御油
吉田
二川
白須賀
新居
舞坂
浜松
見付
袋井
掛川
東海道中
近江
山城
伊賀
大和
伊勢
志摩
尾張
美濃
三河
遠江
木曽川
天竜川

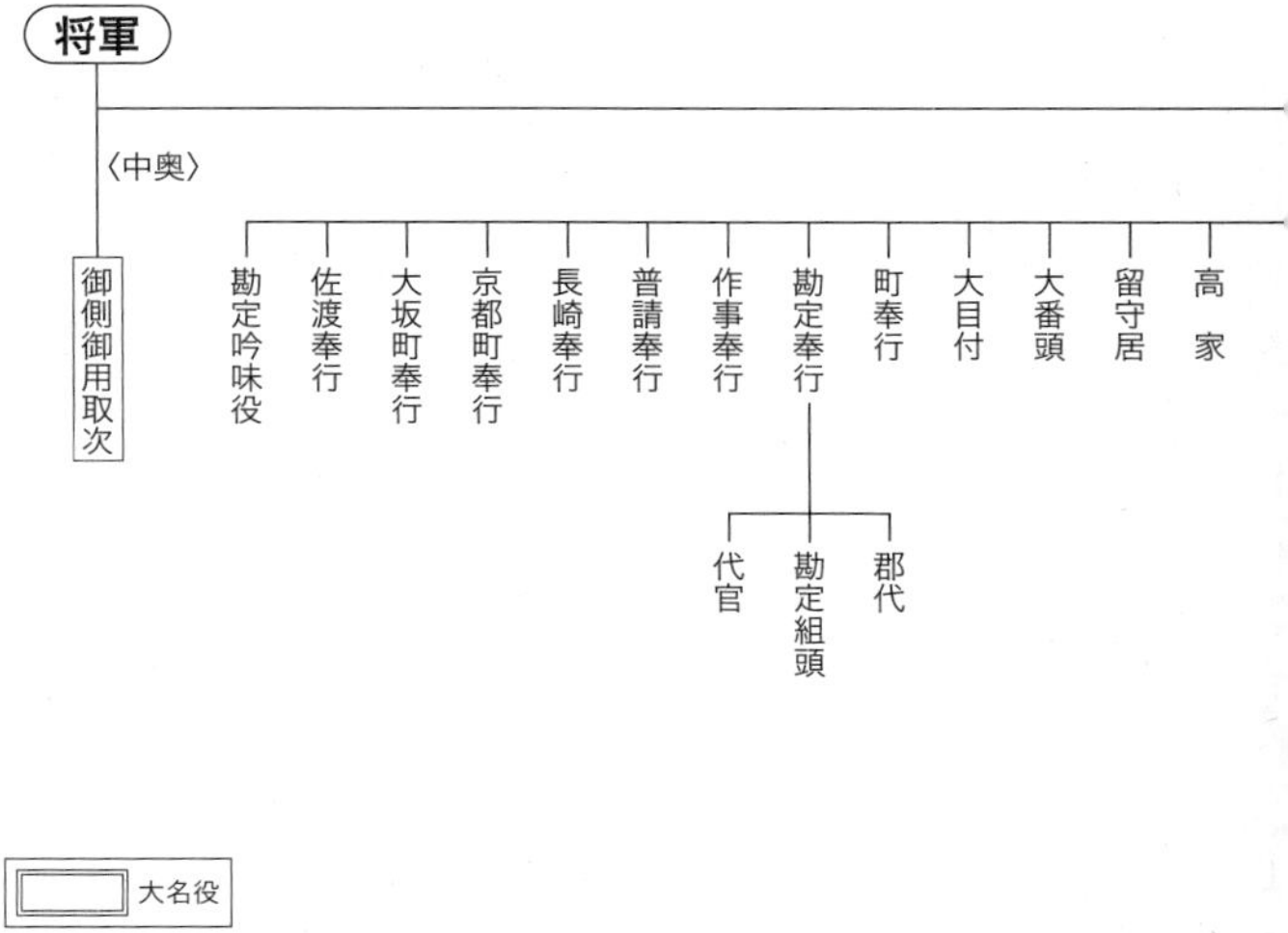
将軍
〈中奥〉
御側御用取次
勘定吟味役
佐渡奉行
大坂町奉行
京都町奉行
長崎奉行
普請奉行
作事奉行
勘定奉行
町奉行
大目付
大番頭
留守居
高家
代官
勘定組頭
郡代
大名役

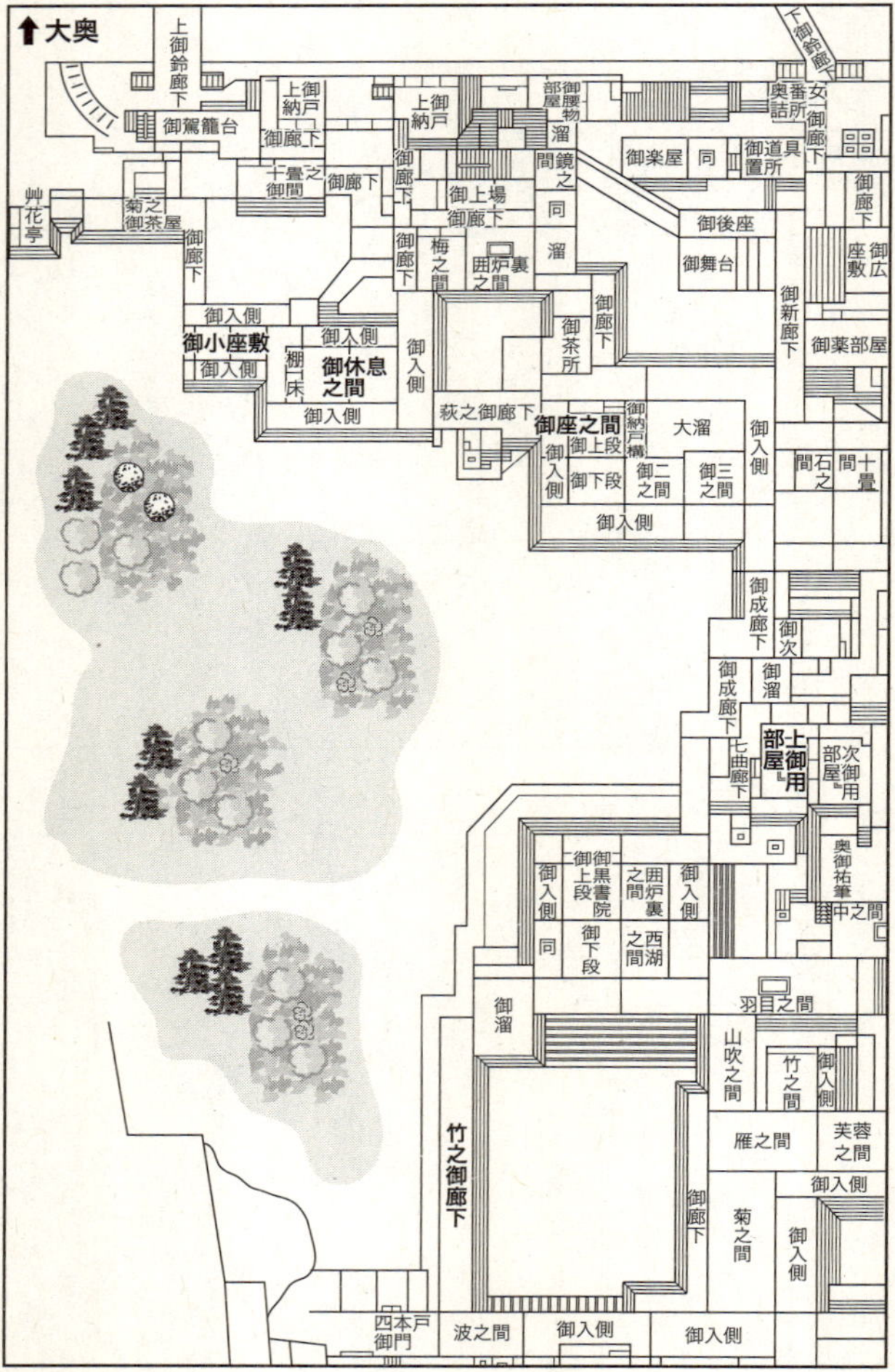
大奥
上御鈴廊下
下御鈴廊下
御駕籠台
上御納戸
御廊下
十畳之御間
御廊下
菊之御茶屋
艸花亭
御廊下
上御納戸
御廊下
御上場
御廊下
御廊下
梅之間
囲炉裏之間
部屋
御腰物
溜
間鏡之
同
溜
御楽屋
同
御道具置所
奥詰
番所
女
御廊下
御廊下
御後座
御舞台
座敷
御広
御新廊下
御薬部屋
御入側
御小座敷
御入側
御入側
棚
床
御休息之間
御入側
御入側
御茶所
御廊下
萩之御廊下
御座之間
御納戸構
大溜
御上段
御入側
御下段
御二之間
御三之間
御入側
御入側
間石之
間十畳
御成廊下
御次
御成廊下
御溜
七曲廊下
上御用部屋
次御用部屋
奥御祐筆
中之間
御入側
御黒書院
御上段
囲炉裏之間
御入側
同
御下段
西湖之間
羽目之間
御溜
山吹之間
竹之間
御入側
雁之間
芙蓉之間
御入側
竹之御廊下
御廊下
菊之間
御入側
四本戸御門
波之間
御入側
御入側

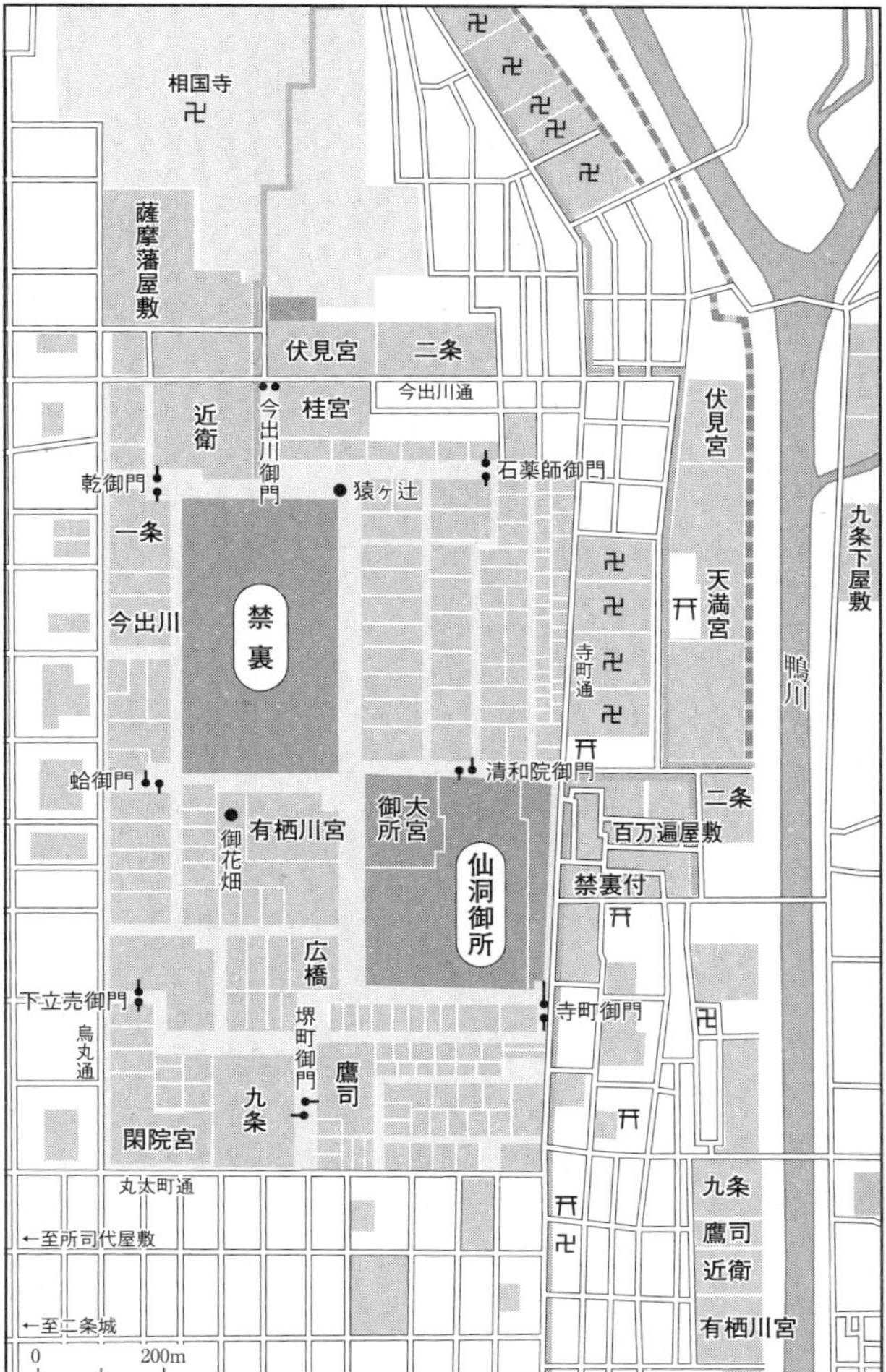

相国寺
薩摩藩屋敷
伏見宮
二条
今出川通
近衛
今出川御門
桂宮
石薬師御門
乾御門
猿ヶ辻
一条
伏見宮
九条下屋敷
天満宮
今出川
禁裏
寺町通
鴨川
清和院御門
蛤御門
二条
大宮御所
仙洞御所
百万遍屋敷
有栖川宮
御花畑
禁裏付
広橋
下立売御門
寺町御門
烏丸通
堺町御門
鷹司
九条
閑院宮
丸太町通
九条
鷹司
近衛
←至所司代屋敷
←至二条城
有栖川宮
0
200m

動揺　主な登場人物

水城聡四郎《みずきそうしろう》……………道中奉行副役。一放流の遣い手。将軍吉宗直々の命で、大宮玄馬とともに諸国を回り、また、剣術の師匠・入江無手斎から言われ、諸国の道場も見て回っている。

水城　紅《あかね》……………水城聡四郎の妻。元は口入れ屋相模屋の娘。聡四郎に嫁ぐにあたり、吉宗の養女となる。聡四郎との間に娘・紬をもうける。

大宮玄馬《おおみやげんば》……………水城家の筆頭家士。元は、一放流の入江道場で聡四郎の弟弟子だった。聡四郎とともに、諸国を回る。

入江無手斎《いりえむてさい》……………一放流の達人で、聡四郎と玄馬の剣術の師匠。

袖《そで》……………元伊賀の女郷忍。兄を殺された仇討ちで聡四郎を襲うが、返り討ちにされたのち、改心して水城家に入り、紅に付き添う。

加納近江守久通《かのうおうみのかみひさみち》……御側御用取次。紀州から吉宗について江戸へ来る。聡四郎とともに、将軍吉宗を支える。

徳川吉宗《とくがわよしむね》……………徳川幕府第八代将軍。紅を養女にしたことから聡四郎にとって義理の父にあたる。聡四郎に諸国を回らせ、世の中を学ばせる。

聡四郎巡検譚 三

動揺

第一章　叛意あり

一

　二人の伊賀忍《いがしのび》が憤懣《ふんまん》やるかたなしとして、水城聡四郎《みずきそうしろう》らを追って藤川義右衛門《ふじかわぎえもん》のもとを出奔《しゅっぽん》した。

「未来《さき》の見えぬ輩《やから》どもよ」

　藤川義右衛門は、その二人を放置した。

　江戸の闇を侵食し始めてようやく足場ができたばかりで、とても二人を連れ戻すための人員を工面できなかったのだ。

「戻って来ぬな」

　それでも藤川義右衛門は一縷《いちる》の望みを抱いていた。

忍は少ない。そのうち禄で縛り付けられていない者、浪人と同じ立場の忍となると、海に沈んだ針を探すよりも困難になる。

一度仕事を放り出した者でも帰ってくるならば、藤川義右衛門は多少の罰を与えはするが、受けいれるつもりであった。

「馬鹿は不要だ」

もちろん、残っている者の手前、切り捨てるとの宣言はしていた。

「忍は情に厚い」

人外、化けものと蔑《さげす》まれてきた歴史があるからか、忍は一族や仲間を大事にする。仲間を殺した者はなんとしてでも殺すという掟もこれから生まれた。

「二度とこのようなまねはさせませぬ」

「なにとぞ、温情を」

出ていった二人と近かった伊賀の郷《さと》出身の忍たちが、藤川義右衛門との間を取りもとうとするのはまちがいなかった。なにせ、ともに郷を捨てた者同士で、他に行き場もない。

「いくばくかの懲罰を受けよ」

藤川義右衛門は条件をつけて、そのときは受けいれる気でいた。

「遣い潰せば良い」

しかしそれは情でもなんでもなかった。

江戸の闇は何人もの親分がしっかりとした縄張りをもって維持している。浅草《あさくさ》や深川《ふかがわ》など岡場所や博奕《ばくち》場をいくつもかかえるような大きな縄張りともなると手下も多い。腕の立つ浪人も用心棒として雇われている。このあたりを支配するには、いかに忍といえども犠牲なしとはいかなかった。

なにより岳父にあたる京《きよう》都《と》木《き》屋《や》町《まち》の顔役利助《りすけ》からの独立を決意した今、死ぬ覚悟で敵に突っこむ死兵《しへい》が要る。

藤川義右衛門に忠誠を誓っている者を遣ってもいいが、それでは江戸の闇を手に入れた後に困る。信頼の置ける配下というのは、金よりも貴重なのだ。

腕が立ち、死なせても惜しくない者こそ、今の藤川義右衛門に不足していた。

「死んだな」

数日経ったところで、藤川義右衛門は出ていった二人の忍が聡四郎たちによって返り討ちに遭ったと確信した。

「郷を捨てて江戸に出た。たとえ水城たちを殺せても伊賀には帰られぬ」

外との交流がほとんどない伊賀の郷である。そこしか知らない長老たちは、江戸へ出た者たちを許しはしない。

「なにより江戸でも贅沢《ぜいたく》に慣れた今、山奥でひっそり暮らすなどできようはずもないわ」

藤川義右衛門が小さく笑った。

人は贅沢に慣れる。毎日麦飯を喰ってきた者に白飯を教えれば、もう麦飯では満足できなくなる。これはどれほど貧しい生活になじんできた忍でも変わらなかった。いや、貧しかったからこそ、もう二度と山奥での粗食には戻れない。

「情けないことよ。生きて帰って来れば、まだ価値もあったが……」

大きく藤川義右衛門が嘆息した。

「二人欠けた今、より気を引き締めねばならぬの」

藤川義右衛門が表情を引き締めた。

「だが、二人が死んだとなれば、水城が江戸におらぬのは確かじゃ」

頭を藤川義右衛門が切り替えた。

「……誰ぞ」

「お呼びか」

すぐに笹助《ささすけ》が応じた。

「ふむ。おぬしならばちょうど良い……手隙《てすき》か」

「大事ござらぬ」

藤川義右衛門に問われた笹助がうなずいた。

「水城の屋敷を知っておるな」

「本郷御弓町《ほんごうおゆみちよう》と心得ております る」

確認する藤川義右衛門を笹助が見つめた。

「やりまするか」

笹助が問うた。

「急《せ》くな。まだ決めておらぬ。水城と家士がおらぬ今が好機だとはわかっている。いかに掟をあきらめさせたとはいえ、納得しておらぬ者もおるからな。しかし、今、無駄に人材を浪費するのはまずい。今の我らに一人でも無駄死にさせるだけの余裕はない」

「……………」

復讐を否定する藤川義右衛門に笹助が黙った。

「では、なんのために水城の屋敷を」

「いずれまた敵対するからだ」

訊《き》いてきた笹助へ藤川義右衛門が答えた。

「…………」

「わからぬか。我らが伊賀の掟を捨てたことで、水城との争いはなくなった。こちらから手を出さねば、向こうから攻めてくることはない」

「たしかに。で……」

笹助が先を促した。

「水城は我らが江戸の闇を支配しようとしていることを知っているか。いや、実際に支配し始めたことに気づいていると思うか」

「……思いませぬ」

藤川義右衛門の問いかけに少し考えた笹助が首を横に振った。

「吾《われ》もそう考える。なぜなら、あやつは良くも悪くも旗本だ。旗本は将軍のためにある。決して江戸の民を守るためにあるわけではない」

「なるほど。将軍に闇の力は及ばない。つまり旗本にとって闇はどうでもよいと」

「ああ」

藤川義右衛門が首肯《しゅこう》した。

「闇の力は表《おもて》に勝てぬ。大義名分がないからな。闇が将軍を、いや徳川《とくがわ》を倒すと言ったところで、誰も付いては来ぬ。薩摩《さつま》の島津《しまづ》も長州《ちょうしゅう》の毛利《もうり》もな。それどころか、少しでも目立ったところで町奉行所に追われることになる」

「ですが、それでは、水城は我らが江戸の闇であるかぎり、敵対せぬのではございませぬか」

素直な疑問を笹助がぶつけた。

「のう、笹助。闇とはなんだ」

答えずに藤川義右衛門が質問で返した。

「闇とは……裏の力でしょう」

考えた笹助が告げた。

「それも闇の一つの面ではある」

「一つ……」

笹助が首をかしげた。

「そうだ。闇の本質は恐怖だ」

「恐怖……」

「なにをするかわからない。それこそ理由なく命を奪いに来るかも知れない。逆らえばどうなるかわからないという恐怖」

「たしかに」

藤川義右衛門の説明に笹助が納得した。

「そして、恐怖は理不尽なものだ」

「いつ、なにをするかわからない力は理不尽でございますな」

笹助も同意した。

「理不尽はな、表の法と相対する。法では人を殺してはならぬと決めている。女を犯してもならぬ、金を奪ってもならぬともな。だが、そのすべてを闇は遠慮なくおこなう。おこなうことで恐怖を植え付け、民を支配する」

「…………」

語る藤川義右衛門に笹助が聞き入った。

「表と闇、その両方が民を支配する。そうなればどうしてもぶつかるだろう」

「それは今でも同じでございましょう。闇は江戸に神君家康《いえやす》さまが入られたときよりあるのでございますぞ。それが今更敵対など」

笹助が戸惑った。

「簡単なことよ。今の闇は分裂しており、一つ一つの力が弱い。それこそ町奉行所が少しやる気になるだけで、容易に潰せるていどでしかない。つまり幕府にとって闇なんぞ、飯にたかる蠅《はえ》。だが、その闇が一つに統合されたとしたらどうなる。一つの闇が一年に手にする金が二千両だとしよう。これは両国《りょうごく》の縄張りから出したものだ。実際は浜町《はまちょう》辺りの縄張りでは千両そこそこしかないし、浅草となれば二千両どころか三千両をこえるだろう。そのでこぼこを更地にして、一カ所二千両とする」

基準を藤川義右衛門が設けた。

「そして江戸には四宿《ししゅく》を除いて十二の縄張りがある。ああ、町内だけというような小さなところは無視するぞ。十二で一つ二千両とすれば、すべてで年二万四千両になる」

「二万四千両……」

とてつもない金額に笹助が呆然とした。

「五公五民でいけば、四万八千石、ほぼ五万石の大名に等しいだけの力を持つことになる。そうなれば、さすがに幕府も黙ってはおるまい」

藤川義右衛門が言った。

「徳川は六百万石ほどだ。しかし、その領地は物なりのいい西国《さいごく》に多い」

もと御広敷《おひろしき》伊賀者組頭《くみがしら》として幕府の隠密《おんみつ》を一手に仕切っていた藤川義右衛門で

ある。大名の領地についても詳しかった。

「江戸の付近、関八州《かんはっしゅう》に限ると幕府の石高は百万石に届かない」

関八州といわれる相模《さがみ》、武蔵《むさし》、安房《あわ》、上総《かずさ》、下総《しもうさ》、上野《こうずけ》、下野《しもつけ》、常陸《ひたち》の国は江戸を護る重要な地域のため、御三家水戸《みと》、譜代《ふだい》大名が各所に配置されている。当然ながら、幕府の直轄地もあるが、さほどまとまってはいなかった。

「徳川の配下ではなく、支配下におけない五万石の大名。それが膝元にできてみろ。たまったものではなかろう」

「…………」

聞かされた笹助が音を立てて唾を呑んだ。

「そうなってしまっては大事だ。潰すとなれば、それこそ町奉行所、火付け盗賊改めを総出にしても足りなくなる。なにより、膝元にそんな闇が生まれたなどと知れては、幕府の面目は丸つぶれになる。己の城下町でさえ管理できない徳川に天下を維持する資格などないと言われかねまい」

「誰がそれを」

笹助が尋ねた。

徳川は天下人《てんかびと》である。いかに評判が悪くなったところで、その武力は他の大名の及ぶところではなかった。

「朝廷だな。徳川に将軍職を与えているのは朝廷だ。取りあげる権も持っている。まあ、実際に徳川から将軍職を取りあげるだとか、次の代には与えないとかできるわけはないが、嫌がらせくらいはやりかねぬ」

「嫌がらせとは……」

「金を寄こせだな。征夷《せいい》大将軍を取りあげられたくなければ、朝廷にもっと金を出せと脅してくるだろう。いや、もっと露骨かも知れぬな。六代将軍家宣《いえのぶ》の正室、天《てん》英院《えいいん》の実家である近衛《このえ》あたりを通じて、朝議《ちょうぎ》でその話題を出されたくなければ、朝廷領を増やせと暗に要求してくるだろう」

「朝議とはなんでござる」

伊賀の郷忍を朝廷が雇うことはない。笹助が知らないのも無理はなかった。

「公家《くげ》たちが集まって、明日のこの国をどうするかを話し合う場だな。表向きは」

藤川義右衛門が小さく笑った。

「表向きということは、裏があるので」

「裏ではない。朝廷が現実の力を失ってから久しい。鎌倉《かまくら》から数えても六百年近いのだぞ。朝議なんぞやることのなくなった公家が愚痴をこぼす場と化している。とはいえ、実状はともかく、形式としては天下の趨勢《すうせい》を決める重要なものだ。そこで徳川に天下を治めるだけの力なしと言われては……」

「将軍家の名前が地に落ちる」

笹助が藤川義右衛門の言葉を受けた。

「それは都合が悪かろう。なにせ、当代の将軍さまは……」

先ほどまで敬称を付けていなかった藤川義右衛門が、嫌味たらしくさまを付けた。

「紀州《きしゅう》の分家から入ったお方だからな。本家の嫡流《ちゃくりゅう》よりもより名前にこだわるはずだ」

藤川義右衛門の表情が憎々しいものへと変わった。

「では、我らが江戸の闇を支配する前に潰しに来ると」

「ああ。そのとき、先手となって来るのは、水城だ。将軍の手駒のなかで我らと戦えるのは、御庭之者《おにわのもの》とあやつだけ」

「……まさに」

笹助も認めた。

「そのときは近い。我らはすでに江戸で三つの縄張りを落とし、四つ目もまもなく手に入る」

藤川義右衛門が難しい顔をした。

「水城がいない間にできるだけ縄張りを増やす」

「そうだ。そして、水城が留守の間に屋敷のことを調べ尽くす。どこに穴があるかをな。できれば、いつでも忍びこめるような細工をしておきたい。やれるな」

藤川義右衛門の確認に笹助が首を縦に振った。

「お任せあれ」

藤川義右衛門の指図を笹助が承諾した。

二

月次《つきなみ》登城の日、江戸城の混雑は普段の数倍をこえる。

在府している大名は、すべて登城して将軍へ挨拶をしなければならない。不在の大名でも家柄や格式によっては、江戸家老を代理として出すことになる。そこにいつも通りお役目を果たすための役人たちが加わるのだ。

それこそ城内は人と肩が触れ合うほどの混雑になった。

「黒書院溜《くろしょいんだまり》で人の気配だと」

目付《めつけ》、野辺三十郎《のべさんじゅうろう》が怪訝《けげん》な顔をした。

旗本の監察を主たる任とする目付の役目の一つに、城中の平穏維持がある。登城する人々を見張っていた野辺三十郎は見つけられなかった不審な一団を捜索、竹の廊下に近い、老中たちが密談に使う黒書院溜という小部屋と察知した。

黒書院溜は、将軍に謁見《えっけん》をする黒書院という格式高い部屋に付属した下部屋のようなもので、黒書院でおこなわれる行事にかかわる準備をおこなう役人たちの詰め所であった。ただ、その構造上、黒書院と面した一面以外は中庭に突き出ており、他人が近づきにくく話を盗み聞きされにくいことから老中たちの密談場所としても使われている。

月次登城では大広間が使用され、黒書院での行事はなく、本日は誰も溜に足を踏み入れる予定はないはずであった。

「なにをしでかすつもりだ」

何度か見慣れない者を見つけていた野辺三十郎だからこそ、今日という日の異常に気づけた。

役人でも大名でもない者たちが江戸城内に潜んでいる。

「黒書院溜から上様の御座所である御休息《ごきゅうそく》の間《ま》までの間には、新番組《しんばんぐみ》詰め所がある」

新番組はその名前の通り、もっとも新しい番士の集まりであった。書院番組《しょいんばんぐみ》、小姓組《こしょうぐみ》と並んで将軍家の警固《けいご》を担う。書院番組が将軍の外出を担当、小姓組が最後の盾としてお側に仕《つか》えるのに対して、江戸城表《おもて》から中奥《なかおく》へ至る境を守り外敵の侵入を防ぐのが役割である。当然、旗本のなかでも剣術に優れた者でなければ務まらず、役目柄相手が目付であろうとも誰何《すいか》、差し止める権を持っていた。

「なにをする気だ……」

野辺三十郎は思案した。

幕府の監察として旗本の俊英が任命される目付は矜持《きょうじ》が高い。少し前まで御三家紀州の当主でしかなかった八代将軍吉宗《よしむね》だが、目付への配慮は他の大名に対するよりも強かった。

将軍となって幕政改革をするための忍従《にんじゅう》であり、少しでも足を引っ張られないためのものであったが、それを目付たちは当然として受け止めていた。

御三家でさえ目付には気を遣う。

そう思いこみ、目付たちが軽くあしらってきた吉宗が将軍になった。

「上様である」

頭を切り替え、吉宗に敬意を払えば問題はなかった。しかし、人というのはなかなか変われない。

目付の一部は吉宗を軽《かろ》んじ、今までの関係を続けていけると思いこんでしまった。

結果、吉宗に逆らった目付が改易《かいえき》となった。

「畏《おそ》るべし」

多くの目付は一罰百戒を受けいれ、吉宗への抵抗を止めたが、野辺三十郎ら一部の者は引き下がらなかった。

「目付こそ、御上《おかみ》の体現者である」

戦国乱世に発生した軍《いくさ》目付が目付の祖と言われている。己の手柄を捨て、味方の功績や卑怯《ひきょう》未練《みれん》な振る舞いを監察する軍目付は公明正大であり、その意見は主君といえども無視できないだけの権威を持つ。

それを今の目付は金科玉条《きんかぎょくじょう》のように抱えていた。

目付が幕府の良心であり、その進言を将軍は聞き入れる。そう、思いこんでいる愚か者がいた。

その一人が野辺三十郎であった。

「今、踏みこむか」

月次登城で使われないはずの黒書院溜に入りこんでいるとあれば、目付の誰何を受けてもおかしくはない。

「何もなければ、無駄足になる」

野辺三十郎が二の足を踏んだ。

巡検使創設に反対したことで野辺三十郎は吉宗から目を付けられている。

今のところ、野辺三十郎に咎《とが》めの類《たぐい》はないが、このまま目付に居座り続けることは難しいとわかっていた。

さすがに間を置かず、目付を更迭《こうてつ》するのは吉宗の悪評になりかねない。それだけの理由で野辺三十郎は見逃されている。

このままなにもしなければそう遠くない未来に、野辺三十郎は目付から外されるのはまちがいなかった。

「目付に留《とど》まり続けるには……」

監察だけに目付というのは扱いが難しい。そのためか、目付から出世することなく、何十年とその職に留まる者も多い。もちろん、目付から遠国《おんごく》奉行や書院番頭などへ出世していく者もいた。

ただ、目付を辞めさせられた者へ、幕府は、世間は冷たかった。

監察という役目は、他人の粗探《あら》しでもある。そして粗を探るだけではなく、罪に落とすのだ。

「このていどのこと……」

「お見逃しを」

「これでなかったことに」

目付に情状酌量はない。泣き言も賄賂《まいない》も通じないどころか、かえって罪が増える。

「あの家が目付によって潰された。三河《みかわ》以来の名門であったのに」

「某が腹切らされたあと、妻が後を追ったらしい」

目付が動けば悲劇が起こる。それは目付にとっては正当な結果であるが、目付以外の者には不当なものにしか感じられない。

当事者、近しい者にしてみれば、目付のおかげでひどい目に遭ったとしか思わず、恨みを持つ。

そんな目付が将軍から咎められた。それ見たことかと囃《はや》したてられ、たちまちつるし上げになる。復職はもちろん、新たな役目に就くなどは不可能であり、さらに己一代でその影響は消えない。孫子まで冷や飯を喰わされることになった。

「なんとかして、手柄を立てなければ」

刑の執行待ち状態といえる野辺三十郎がとれる手段は、それしかなかった。

「追い払うだけでは手柄にならぬ」

黒書院溜に踏みこんで、なにをしていると叫んでも、休息を取っていたとか、明日の準備をしておりましたとか、言い訳をされては手柄にならない。

「なにかするまで待つしかないな」

野辺三十郎が周囲から見えないように、黒書院に近い空き座敷へ身を潜め、少しだけ開けた隙間から覗《のぞ》いた。


黒書院溜は六畳ほどの小部屋であり、出入りは黒書院に沿ってのびる廊下でしかできなくなっていた。

「そろそろかの」

尾張《おわり》藩主徳川継友《つぐとも》の家臣稲生《いのう》が、黒書院溜に潜んでいる仲間たちを見渡した。

「上様への謁見は、四つ（午前十時ごろ）開始であったな」

「と聞いている」

同僚の一人、堂元《どうもと》の確認に稲生がうなずいた。

「あとどれくらいじゃ」

もっとも歳嵩《としかさ》になる山倉《やまくら》が問うた。

「すでに五つ（午前八時ごろ）の鐘を聞いてかなりになる。もうすぐ四つではないかの」

山倉と歳の近い阿佐ヶ谷《あさがや》が答えた。

「大名たちが大広間に移動するとき、城中がもっともざわめき、目付や番士の注目が大広間に集まり、将軍の守りはもっとも薄くなる」

稲生が一同を見回した。

「今こそ将軍を害する」

言った稲生が一度そこで言葉を切った。

「我らがかならずや果たさねばならぬ任務である」

「おう」

「わかっておる」

稲生の宣言に一同が応じた。

「生きては帰れぬ」

うまく吉宗を討てても、逃げ出すことは叶わない。吉宗を守れなかった小姓番、新番、書院番などが必死で追いかけてくるからだ。

将軍を死なせてしまった番士に明日はなかった。全員が切腹することになる。だが、それでも仇《かたき》を討ったかどうかで、家の扱いが変わる。

まんまと逃げられたら、切腹ではすまず打ち首に処せられる。武士にとって切腹は名誉ある死であり、そこから先に責任が持ちこされることはなく、家は減禄されても続き、家族はそのままで許される。が、打ち首になれば、改易《かいえき》と連座は避けられない。家は潰され、嫡男は切腹、それ以外の男子は流罪《るざい》とされてしまう。

武士にとって家は命よりも重い。当主は家のためにある。その当主が家を潰されては話にならない。

襲撃者を討とうが逃がそうが、もう己の未来はない。となれば残される家族のために、家だけでも残さなければならないとなるのは当然であり、番士たちは死兵となる。

「今更言うまでもない」

「覚悟はとうにできている」

「殿がお引き受けくださったのだ。吾《わ》が家は続く、どころか忠誠厚き家柄として益々繁栄をする。命一つですむならば安い」

尾張藩士たちが晴れ晴れとした顔をした。

「吉宗をこの世から排し、殿が大統を継がれたら……我らの子は旗本になる」

稲生もしみじみと言った。

尾張藩士のもとは徳川家康の家臣団、すなわち旗本であった。家康が将軍を三男秀忠《ひでただ》に譲ったことで、九男義直《よしなお》に付けられていた者たちは尾張藩士となり、直臣《じきしん》から陪臣《ばいしん》へと落とされた。

先祖を手繰《たぐ》れば、同じ三河、駿河《するが》、甲州《こうしゆう》の出なのに、義直に付けられたというだけで陪臣として一歩退《ひ》かなければならない。

「やむを得ぬ」

御三家へ付けられた家臣たちは、もう旗本に戻ることはないとあきらめてきた。それが覆った。

跡継ぎなく七代将軍家継《いえつぐ》が亡くなったとき、八代将軍が御三家の紀州徳川から出たのだ。

そしてわずかながら、吉宗に連れられた紀州藩士たちが直臣になった。

「殿が将軍になられれば、我らも直臣に戻れる」

尾張徳川の家臣たちが勢いづいたのも無理はなかった。

「……………」

稲生が耳を澄ませた。

「大勢の足音がするな。そろそろだろう」

「……たしかに」

「ああ」

堂元、阿佐ヶ谷が首肯した。

「窓を開けろ」

稲生が指示をした。

出入り口は廊下に面したところしかないが、準備をおこなう場所だけに明かりは要る。黒書院溜には、中庭を望む窓があった。

「他人目《ひとめ》はないな」

窓を開けた仲間に、稲生が周囲の様子を尋ねた。

「誰もおらぬ」

「もう一度身支度を確認せよ」

手をあげた仲間の態度を受けて、稲生が確かめた。

「たすき、鉢金《はちがね》、太刀の目釘《めくぎ》……」

一同が自らの身支度を確認した。

「異常なし」

「こちらもよろし」

支度を確認した者から応答をしていく。

「……よし。では、行くぞ。我らの未来に向かって」

死という恐怖を将来という夢に変えた稲生が手を振った。

三

伊賀の老忍たちに襲われた翌朝、水口《みなくち》宿場の脇本陣を出立《しゅったつ》しようとした聡四郎と大宮玄馬《おおみやげんば》は、宿を出たところで目を大きくした。

「おはようございまする」

脇本陣の前に伊賀の郷の元女忍袖《そで》の妹菜《さい》が待っていた。

「なにをしておる」

「……なぜ」

聡四郎と大宮玄馬は菜に問うた。

「頭領さまより、お二人に従うよう命じられましてございまする」

菜が答えた。

「ちょっと待て」

聡四郎が頭を抱えた。

「吾が望んだのは、山路《やまじ》兵弥《ひょうや》と播磨《はりま》麻兵衛《おへえ》との対話であるぞ」

「はい。そのためにわたくしが同行いたしまする」

咎めるような聡四郎に、菜が応じた。

「意味がわからぬ。昨夜の話では、京で宿まで訪ねてくるはずだったが……」

「さようでございまする。ですから、京までわたくしが同道いたしまする」

首をかしげた聡四郎に、菜が述べた。

「京まで同道……」

ふと聡四郎が引っかかった。

「殿、立ち止まったままでは……」

思案に入りかけた聡四郎を、大宮玄馬が促した。

「……そうであったな」

ちらと振り返った聡四郎は、見送りに出てきた脇本陣の主《あるじ》がそのままこちらに注目していることに気づいた。

幕府役人と若い娘が往来で立ち話をする。それだけでも目立つ。

武家は外で女と口を利かない。相手が妻であろうが、母親であろうが、女は三歩下がったところで男の後を付いて歩くものであり、肩を並べながら話をするなどありえなかった。

さすがに最近は江戸や大坂《おおさか》でそういった風潮は崩れだし、女連れで歓談しながら名所巡りをする旗本などもいるが、地方の宿場ではまだまだ昔の珍しいことであった。

「参ろう」

聡四郎は京へと向かって歩き出した。

足早に水口の宿場を出た聡四郎が、他人の姿が少なくなったところで、菜に話しかけた。

「愚か者が出たのだな」

「申しわけないことでございますが……」

菜がうつむいた。

「なんのことでございましょう」

二人の会話についていけない大宮玄馬が怪訝な顔をした。

「わからぬか。昨日、伊賀の者と話をしたであろう。そこに最後の襲撃として納得させたというのがあった。覚えておるな」

「はい」

問うた聡四郎に大宮玄馬がうなずいた。

「それが狂ったのだ」

「えっ、では、伊賀の郷が約束を破ったと」

聞いた大宮玄馬が菜を睨んだ。

「違いまする」

菜があわてて否定した。

「二人が生きて帰ったことが原因だな」

「…………」

聡四郎の発言を菜が無言で肯定した。

「昨日の……たしか、播磨どのと山路どの」

大宮玄馬が名前を思い出した。

「そうだ。もともとはこれ以上伊賀の郷の術者を減らさぬため、今回の襲撃を最後にしようとしたことだ。それを遺族たちに納得させるため、播磨たち三人の老忍は死を約束した。死んでも我らを仕留めるとの意思表示だ」

「それで殿が死ぬなと」

「一人だけ死んで二人が生き残った。そして吾は二人に話を聞きたいから死ぬなと命じた。それで齟齬《そご》が生まれてしまった」

「死を賭《と》した者が生きて帰った。それで辛抱しようとしていた遺族の一部が暴発したと」

聡四郎の説明で大宮玄馬が理解した。

「恥ずかしい話ながら、頭領は先日選出されたばかりで、まだ一族すべてを把握しきれておらず……」

菜が身を小さくした。

「跳ね返りは何人だ」

「一人だけでございまする」

尋ねた聡四郎に菜が告げた。

「どういう系統の者だ」

「昨日、大宮さまに討たれた正造《しょうぞう》の孫に当たる者」

菜が苦い顔をした。

「随分と新しいの。いや、新しいから辛抱できぬのか」

聡四郎があきれた。

「正造の孫、逸造《いちぞう》は体術に優れておりまする。その代わり、放下《ほうか》や隠形《おんぎょう》は不得手でございまして」

菜が逸造について語った。

「顔を見知っているわたくしが同行しておりましたら、前もって気づけまする」

「なるほどの。それで来たのか」

郷へ戻ったはずの菜がここにいる理由を聡四郎は呑みこんだ。

「すでに播磨、山路の二人が逸造を追っておりまするゆえ、京まで同道させていただければ……」

「その間に、片を付けると言うのだな」

「……はい」

念を押した聡四郎に一瞬だけ頬をゆがめた菜が認めた。

「それにしても伊賀の郷は甘い」

大宮玄馬が苦情を言った。

「若い者一人抑えられぬなど……」

「逸造は姉に懸想《けそう》しておりました」

文句を続けようとした大宮玄馬に菜が言葉を重ねた。

「なっ……」

言われた大宮玄馬が詰まった。

「恋敵《こいがたき》への恨みもあるか。となれば、少々の説得くらいでは納まらぬな」

聡四郎がため息を吐《つ》いた。

「…………」

大宮玄馬が憮然《ぶぜん》とした。

「恋敵は憎いものだという。玄馬、油断はするな」

「もちろんでございまする」

聡四郎の注意を大宮玄馬が受けた。


江戸城大広間に大名たちが続々と集まっていた。

礼儀礼法格式の場でもある江戸城内は、すべてが細かく定められていた。

どの大名は何番目に大広間に通され、上段の間敷居際から何枚目の畳のどこに座るか、それこそ畳の目の数まで決められていた。

ていた。

「その方、まだであろう。呼ぶまで控えておれ」

「なにをしておる。上様の御成《おなり》が近いのだ。無駄話などするな」

大広間の左右、入り口の襖《ふすま》際に目付が立ち、目通りを求める大名たちを見張っていた。

「退出はならぬ」

そう目付から言われたら大事になる。目通りが終わった後も、大広間に残され、目付から慣例を破ったことを厳しく叱られる。場合によっては江戸家老を呼びだし、謹慎などを命じられることもある。

大名たちは無言で目付の指示に従う。

「野辺三十郎はどうした」

目付の一人が野辺三十郎の姿がないことに気づいた。

「今朝はおったぞ」

「見廻りに出たはずじゃ」

別の目付たちが答えた。

「ふむ。見廻りの当番であったのか」

気づいた目付が表情をやわらげた。

大広間に百をこえる大名が集合しているため、それだけ監察役の目付も多く要る。とはいえ、すべての目付が大広間に集まってしまうと他の場所が手薄になる。そのため、目付のうち二人が城中を見廻っていた。

「待たれよ」

少し離れていた目付が割りこんできた。

「持ち場を離れるな、草場《くさば》」

最初に野辺三十郎がいないことに気づいた目付が咎めた。

「手塚《てづか》、今日の見廻りは額田《ぬかだ》と根津《ねづ》のはずだ」

周囲にひしめく大名たちに聞かせるわけにはいかない。草場と呼ばれた目付が、手塚の側まで来て小声で伝えた。

「なんだとっ」

思わず手塚が声をあげた。

「…………」

「なんだ」

たちまち大広間に詰めている大名たちが手塚を見た。

目付が声をあげる。これは、誰かが咎めを受けるという合図でもあった。大名たちが己でなければと脅えながら、手塚を見上げたのは当然であった。

「つっ……」

将軍出座が近く静謐《せいひつ》を守るべき大広間で、監察の目付が失態を犯した。誰にも気づかれなかったならばそのままごまかせただろうが、そうとうな数の大名たちが見ている。なかったことにすれば、目付の公正が失われる。

「手塚……」

草場が冷たい目で手塚を見つめた。

「……………」

「目付部屋で謹んでおれ」

黙った手塚に草場が厳しい声で命じた。

「承知した」

手塚が大広間から悄然《しょうぜん》と出ていった。

「なにを見ておる。上様がまもなくお見えになられよう」

目付が目付を咎めるという滅多にない事象を興味深げな顔で観察している大名たちを、草場が叱りつけた。

「……………」

「おう」

あわてて大名たちが姿勢を正した。

「面倒な……」

草場が呟《つぶや》いた。

四

御休息の間で吉宗は機を計っていた。大広間に大名たちを詰めこみ、しばらくおいて緊張感を高めた頃合いが出座するのにちょうどいいからであった。

「上様、お身形《みなり》を」

御側御用取次《おそばごようとりつぎ》の加納近江守久通《かのうおうみのかみひさみち》が、吉宗に準備を始めると告げた。

「うむ」

将軍家の居間でもある御休息の間での姿は、いわばわたくしであり袴《はかま》を身に着けてはいるが、朝からの立ったり座ったりでしわも寄っている。それを熨斗《のし》のきいたものへと替え、そのあと目通り用の錦糸《きんし》で縁どられた羽織を着なければならない。座ったままで着替えはできないので加納近江守は立ってくれるようにと願い、吉宗が応じた。

「小納戸《こなんど》ども、御身《おんみ》を」

加納近江守が指図をした。

小納戸は将軍の着替え、食事の用意、居室の掃除、夜具の用意などをする。身分は軽いが、将軍の側近くに仕えるため、気に入られての出世も多い。逆に失敗して将軍を怒らせ、手討ちになった者もいるという難しい役目であった。

「はっ」

「ご無礼を」

小納戸たちが吉宗に取りついて着ていた袴を脱がし始めた。

「のう、近江守」

されるがままになりながら、吉宗が加納近江守に話しかけた。

「なんでございましょう」

御休息の間上段の間襖際右手に控えながら、加納近江守が吉宗に応じた。

「御座《ござ》の間へ移せぬのか」

「何度も申しあげましたが……できませぬ」

吉宗の要望を加納近江守があっさりと否定した。これは加納近江守が吉宗の幼少時から仕えている側近中の側近だからこそ許されている態度であり、同じことを老中がやればその場で吉宗の雷が落ちる。

「しかしだな、表《おもて》に出るのに御休息の間は遠い」

将軍親政をおこなおうとしている吉宗はあきらめていなかった。

江戸城は大きく分けて三つにできていた。

天下の政務を担う役人たちがいる表、将軍の居住する場所である中奥、そして大《おお》奥《おく》であった。

今、吉宗がいる将軍御休息の間は、中奥でも大奥に近い奥まった場所にあった。それに対し、吉宗が口にした御座の間は表の最奥になる上《かみ》の御用部屋、老中たちの執務室の隣であった。

名前から見ても、本来将軍がいる場所は御座の間のはずであった。

「ご安全のためでございまする」

加納近江守が首を横に振った。

もともと将軍は御座の間にあり、政務に疲れたときや病などで体調を崩したときだけ御休息の間へ移った。ために、御座の間のほうが広く豪華であり、御休息の間は狭く質素であった。

もちろん、質素倹約を政《まつりごと》の基本においている吉宗が、広く豪華だからという理由で御座の間へ移りたいと言っているのではなかった。幕府の政務を担当する老中たちとすぐにでも話ができるようにとの便宜上、御座の間へ移りたいと考えているのだ。

しかし、それを側近たる加納近江守が頑《かたく》なに拒むには理由があった。

便利な御座の間ではなく、老中がなにか吉宗に用があっても少し手間を掛けなければ会えない御休息の間に将軍御座所が移されたのは、五代将軍綱吉《つなよし》の時代であった。

綱吉の治世を支えていた大老の堀田筑前守正俊《ほったちくぜんのかみまさとし》が、御用部屋前で若年寄《わかどしより》の稲葉《いなば》石見守正休《いわみのかみまさやす》から刺殺されるという大事件が起こった。

「御用部屋前で刃傷《にんじょう》が起こるとあれば、御座の間に狼藉者《ろうぜきもの》が入りこむこともありえる」

堀田筑前守の騒動が終わった直後、当時の老中たちが綱吉の身の安全を言い立て、将軍御座所を表から離れた御休息の間へと移したのであった。

さらに新番詰め所を創設、表から将軍御休息の間へ侵入しようとした者を止められるように手立てをした。

それを吉宗は不便だとかねてから考えていた。

「お立場をお考えいただきますよう」

冷静に加納近江守が述べた。

「分家から入った傍系が政に口出しするのを気に入らぬ者が多いと言いたいのだろう」

「おわかりでございましたら、警固の厚いこちらでご辛抱を」

吉宗の言葉に加納近江守が首肯した。

「政は待ったなしであるぞ。このままでは遠からず、幕府は財を失い倒れることになる。そうなっては天下泰平を願われた神君家康さまの思いが無になろう。躬《み》の命を大事と思ってくれるのはうれしいが、幕府が倒れてはなんの意味もない」

「上様がお亡くなりになられたら、それこそ幕府は終わりまする。上様の代理をなせるお方がおられるとでも」

吉宗の想いに加納近江守が水をかけた。

「むっ……」

言われた吉宗が詰まった。

将軍職は現在徳川家の占有となっている。家康の血を引き、徳川の名乗りを許されている者であれば、誰でも吉宗の後を襲うことはできる。

「西の丸さまは……」

「くう」

加納近江守の話に吉宗が呻《うめ》いた。

吉宗の男子、長福丸《ちょうふくまる》は江戸城西の丸に居住しているが、吉宗を敵視する六代将軍家宣の正室天英院の意を受けた中臈《ちゅうろう》によって毒を飼われ、命は助かったが言語発声能力を失っていた。

「それとも、尾張さまか水戸さまにお譲りになられまするか」

「……できぬ」

さらに言われた吉宗が苦く頬をゆがめた。

「吉通《よしみち》どのならばまだしも、当代の尾張はいささか器が足りぬ。水戸は紀州の予備であるがゆえに、将軍を出す権を持たぬ」

吉宗が首を左右に振った。

尾張徳川家四代となった権中納言《ごんのちゅうなごん》吉通は、当代稀《まれ》に見る傑物であった。

「大統を継ぐに家継では幼すぎる。躬亡き後は、尾張吉通をもって将軍となせ」

病の床にあった六代将軍家宣がそう遺言したという話もあるほどであった。

吉宗も吉通の器量は買っていたが、不幸なことに生母と食事を共にした直後から苦しみだしてそのまま死んでしまった。

吉通の死を受けて尾張家は遺児を当主として抱いたが、その五郎太《ごろうた》も三歳で急死してしまった。結果、尾張の当主となったのが吉通の弟継友であった。

その継友の才能を吉宗は認めていなかった。

また同じ御三家でも水戸家は紀州家の予備と位置づけられていた。これは紀州家の初代で徳川家康の十男頼宣《よりのぶ》と水戸家の初代頼房《よりふさ》が同母の兄弟ということに起因していた。

武家や公家などの名門では、生母の血筋が大きくものを言った。

有名なところでは織田信長《おだのぶなが》がそうであった。信長はその父織田信秀《のぶひで》の三男だったが正室腹であったことで妾腹《しょうふく》の兄二人を追い抜いて嫡男となり、織田家を継いだ。もし、信長が正室の息子でなければ、織田家の家督《かとく》は兄二人のどちらかが継承したことになり、天下に名を轟《とどろ》かせられたかどうかわからず、そうなれば豊臣秀吉《とよとみひでよし》は世に出ず、徳川幕府も成立していなかっただろう。

そして生母の身分が同じであったとき、長幼が絶対の格差となった。つまり、水戸家は紀州家がある限り、将軍を出すことはかなわなかった。

「おわかりくださいましたでしょうや」

「……頑固者め」

加納近江守の揺らがない姿勢に吉宗が嘆息した。

「御座の間へ移れれば、即座に老中を呼び出せ、政が捗《はかど》るというに」

まだ吉宗はあきらめきれなかった。

「上様、ご無礼を申しまする」

そこへ天井裏から切羽詰まった声が割りこんだ。

「どうした源左《げんざ》」

吉宗が天井裏で吉宗の警固をしている御庭之者、村垣源左衛門《むらがきげんざえもん》の発言を許した。

「中庭より十名ほどの者が白刃を手にこちらへ向かっておりまする」

「なんだと」

「それはっ……」

吉宗と加納近江守が驚愕《きょうがく》した。

「謀叛《むほん》か。太刀をもて」

後ろでなんのことかわからず控えている太刀持ちの小姓に吉宗が命じた。

「えっ、な……謀叛」

太刀持ちの小姓が呆然とした。

「ちい、役立たずが」

吉宗が太刀を取りに行こうとして、たたらを踏んだ。

「まだだったか。どけ」

着替えの途中であった吉宗は新しい袴を穿《は》かせられたところで、まだ腰板が固定されていなかったため転びかかった。衿に手をかけている小納戸を吉宗が手で払った。

「来まする。御免を」

大声を出した村垣源左衛門が、天井板を蹴破って落ちてきた。

「伊賀者ども、防げ」

村垣源左衛門が吉宗の前に立ち塞がりながら叫んだ。

「おう」

「承知」

続いて天井裏から御広敷伊賀者が二人姿を現し、中庭へと向かった。

「二人だけか」

懐から守り刀を出した加納近江守が村垣源左衛門に問うた。

「申しわけございませぬが、人員に……」

村垣源左衛門が頭を下げた。

「よい。ないものを強請《ねだ》っても意味がないわ」

穿きかけていた袴を脱ぎ捨て、ようやく手にした太刀を抜き放った吉宗が加納近江守を抑えた。

「御広敷伊賀者から抜けた者も多いが、我らの手で減らした者もいる。それを補充する間がなかっただけよ」

吉宗が苦笑した。

五

駆け出した御広敷伊賀者たちは中庭に出たところで尾張藩士たちと邂逅《かいこう》した。

「上様の御座所近くとわかっておるのか」

御広敷伊賀者が誰何《すいか》しつつ、腰の忍刀を抜いた。

「多いな」

もう一人の御広敷伊賀者が忍刀を手に呟いた。

「横を抜けられるなよ」

「わかっているが……」

二人の御広敷伊賀者が眉をひそめた。

「手裏剣を遣えぬのが痛いわ」

御広敷伊賀者の一人が小さく首を振った。

吉宗に一度逆らった御広敷伊賀者は将軍の側で任に就くとき、飛び道具たる手裏剣を持つことが許されなくなっていた。

「多数を相手にするときは、遠くから数を減らすのが定石《じようせき》なんだぞ」

文句を言いながら、御広敷伊賀者が突っこんだ。

「三人で抑えろ。残りは御休息の間へ急げ」

稲生が指示を放った。

「承知」

「任せろ」

堂元と阿佐ヶ谷が御広敷伊賀者へと向かった。

「…………」

御広敷伊賀者と尾張藩士がぶつかった。

「こいつら、できる」

御広敷伊賀者の一人が堂元の太刀の一撃を忍刀で受け止めた。

「くらえっ」

もう一人の御広敷伊賀者が阿佐ヶ谷へと斬りかかった。

「こいつっ」

二対二の戦いは互角で推移した。

「行くぞ」

それを横目に稲生が駆け続けた。

「えいやっ」

尾張藩士たちが中庭から御休息の間縁側へと跳びあがった。

「……ふん」

村垣源左衛門が棒手裏剣を放った。

「ぎゃっ」

「ぐお」

跳びあがった二人が喉を貫かれて即死した。

「ちっ。二人だけか」

両手を使って棒手裏剣を投げた村垣源左衛門は、それ以上飛び道具を使う余裕を失った。

「すまぬ」

二人の犠牲に御休息の間へ向かう残りの尾張藩士が口のなかで礼を言い、足を止めることなく吉宗へ迫った。

「小姓ども、なにをしておる。狼藉者を排除せぬか」

経験したことのない事態に、対応しかねている小姓たちを加納近江守が叱りつけた。

「は、はい」

「おわあ」

あわてて小姓たちが脇差《わきざし》を抜いた。

小姓番は将軍最後の守りであるため、御休息の間でも帯刀することが認められている。とはいえ、室内での迎撃になるため太刀ではなく脇差であった。

「死ね」

稲生が太刀を水平に振った。

「この……えっ」

反撃しようとした小姓が太刀と脇差の刃渡りの差で負けた。

「近藤氏《こんどううじ》」

血を噴きながら倒れた同僚に小姓たちが混乱した。

「肚《はら》なしどもよな。やはり真の将軍たらぬ男には、情けなき者しか従わぬの」

歯をむき出して稲生が笑った。

「面白いことを申す。では、真の将軍とは誰のことじゃ」

吉宗が稲生に問いかけた。

「あのお方さまよ。あのお方さまこそ、天下の武士を統《す》べられるのだ」

さすがに稲生は尾張徳川継友の名前を出さなかった。

「このっ」

一人の小姓が稲生に立ち向かおうとしたが、横から出された別の尾張藩士の切っ先に腹を突かれた。

「ぐはっ」

腹をやられたら助からない。小姓が傷を押さえて転がった。

「おのれ」

「待て、近江」

出ようとした加納近江守を吉宗が制した。

「こやつは躬が討つ」

「な、なにを仰せられる」

吉宗の宣言に加納近江守が絶句した。

「残りはそいつを除いて……伊賀者が止めているのを除くので三人になったか。源左、露払いを」

「はっ」

吉宗の右前で尾張藩士の一人を仕留め終わっていた村垣源左衛門がうなずいた。

「しゃっ、おう」

一人に向かって手裏剣を投げつつ、もう一人の尾張藩士の胸を村垣源左衛門が突いた。

「残り一人はわたくしが」

加納近江守が倒れた小姓の脇差を拾って構えた。

「どけ、邪魔をするな」

稲生を残して最後の一人になった尾張藩士が加納近江守へ襲いかかった。

「……甘いわ」

加納近江守が軽く敵の太刀を受け流し、小さく切っ先を撥《は》ねさせた。

「なんだ」

尾張藩士がなにをされたかわからず、怪訝な顔をした。

「肩が濡れる……わああ」

右肩に触れた尾張藩士が大量の血が降り注いでいるのに気づいて叫んだ。

加納近江守の一撃で尾張藩士の首の血脈が断たれ、そこから血が噴出していた。

「あああ……暗い」

脳へあがるはずだった血を失った尾張藩士が崩れ落ちた。

「和田山《わだやま》……」

悲惨な最期に稲生が啞然《あぜん》とした。

「近江、後の始末を考えろ。部屋中に血が飛んだではないか」

稲生から目を離さず、吉宗が文句を言った。

「和歌山《わかやま》では周囲を気にせずともすみましたので、つい」

加納近江守が詫びた。

「城下外れで猪を狩っているのではないわ」

吉宗があきれた。

「きさまらあああああ」

主従でふざけ合っている吉宗と加納近江守に稲生が切れた。

「怒鳴りたいのはこちらであるわ。どれだけの被害を受けたと思っている。小姓が二人死んだうえ、この惨状だ。修復にどれだけの金と手間が要るか」

吉宗が言い返した。

「うるさい。きさまを討つ」

稲生が太刀を構えた。

「ほう。その切っ先の位置、目付の高さ……尾張柳生《やぎゅう》だな」

「なっ……」

吉宗の指摘に稲生が動揺した。

「やはりの」

「引っかけたのか」

笑った吉宗に稲生が顔を赤くした。

「もうわかったも同然だが、一応訊いてやる。誰の命だか、申せ。言えば、そなただけは助けてやる」

「きさまごときの温情は要らぬ」

「では、尾張でいいな」

「違うと言っても認めまいが」

決めつけられた稲生が反論した。

「このような手段を執《と》るしか思いつかなかったことからもわかるであろう。権中《ごんのちゅう》納言《なごん》では天下は保たぬ。それくらい気づけ。いや、諫《いさ》めよ」

馬鹿を見る目で吉宗が稲生を見た。

「黙れ、おまえが簒奪《さんだつ》をしなければ……」

「簒奪だと。ふざけたことを言う。簒奪とは主たるに足りぬ者が、その地位を奪うことだ。七代将軍家継さまには、お子がなかった。つまり、本家に人はおらぬ。簒奪には値せぬ」

「紀州徳川は、御三家の次席である。それが尾張を差し置いて将軍となった。これを簒奪と言わずして、なんと言うか」

稲生が反論した。

簒奪には、血筋であっても継承順位が低い者が高い者を追いこすという意味もあった。

「躬が尾張よりも低いと申すか。面白い」

太刀を構えたままで吉宗が口の端を吊り上げた。

「尾張継友は、家康さまのなんだ」

「家康さまの玄孫《やしやご》にあたられる」

「ふん。躬は家康さまの曾孫《ひまご》だ」

答えた稲生に吉宗が返した。

「わかったか。躬が近いのよ、家康さまにな」

「ううっ」

血筋を言うならば、家康からの代を数えられては話にならなかった。稲生がなにも言えなくなった。

「愚かよなあ。さぞや泉下《せんか》で吉通も嘆いておろう。なぜ、御三家筆頭の尾張ではなく、紀州から躬が招かれたかを考えておらぬ」

「吉通さまと御当代さまのなにが違うと言うのだ。ご兄弟ぞ」

「器量が違う」

「そのようなことはない、御当代さまは大英傑であられる」

継友を馬鹿にした吉宗に稲生が嚙みついた。

「当主はものが見えず、家臣はものを理解しようとせぬ。御三家だというだけで実が落ちてくると思いこんでおる。幕府が今、どのような危機にあるかなど気にもせぬ。もう御三家など百害あって一利なしだな」

大きく吉宗が息を吐いた。

「な、なにをっ」

稲生が吉宗の言葉にうろたえた。

「のう、先ほど躬が血筋でいけば、継友よりも代が近いと言ったであろう。それをおかしいと思わなかったのか」

「…………」

問われた稲生が黙った。

「吉通ならば、躬はなにも言わず、上様として戴《いただ》いた。しかし、継友ではならぬ。吉通と継友は兄弟じゃ。家康さまからいけば玄孫だな、二人とも」

「あっ」

稲生がようやく気づいた。

「吉通ではよくて、継友では悪い理由。一つしかなかろう。将軍たる人材かどうかだ」

「御当代さまは将軍にふさわしくないと」

「ふさわしくないな。駄目な理由を羅列してやってもよいが、なにより家臣を遣って将軍を害そうとするなど論外じゃ。天下は法度《はっと》によって成りたつのだ。上に立つ者が、率先して法度を破っては、天下の安寧《あんねい》など保てるはずもなし。吾が欲に目がくらみ、そのくらいのことにさえ気づかぬなど論外」

厳しく吉宗が糾弾《きゅうだん》した。

「おまえを斬れば、それですべてはすむ。次は殿が上様になるのだ」

反論できなくなった稲生が開き直った。

「死ねえ」

稲生が太刀を八相《はっそう》にして、吉宗へと突っこんだ。

「おう」

吉宗が太刀で一撃を受けた。

「なかなか、いい筋だ」

「笑っていられるのも今のうちだ」

頬を緩《ゆる》めた吉宗に稲生が半歩退いて、構えをなおした。

「上様をお救いいたせ」

「狼藉者を討て」

やっと小姓たちが己の任を思い出した。

「止めよ」

わらわらと稲生に群がろうとした小姓たちを吉宗が制した。

「ですが……」

「躬が命じる。黙って見ておれ」

吉宗がためらう小姓に厳しく命じた。

「なぜ……」

数を頼みに襲い来た稲生が、吉宗の対応に首をかしげた。

「簡単なことよ。将軍は武士の統領である。統領とはもっとも優れた者がなるもの。躬の武を見せてくれようぞ。決して継友ごときにはできぬであろう。家臣を刺客にしながら、一人安全なところで待っているのだからな。そのような者、武士とも言わぬわ」

「傲慢《ごうまん》な」

主君を嘲弄《ちょうろう》された稲生が激発した。

「死ねや、吉宗」

格下が目上の諱《いみな》を呼ぶ。これは最大の無礼であり、その場で手討ちにされて当然の行動であった。

「参れ、下郎《げろう》」

吉宗が応じた。

「きえええええ」

怪鳥《けちょう》のような声をあげて、稲生が太刀を振り落とした。

大柄な吉宗の頭頂を狙った一刀は、怒りのために腕が縮んだため、存分とまではいかない間合いで落ちた。

「……ふっ」

笑うように息を抜いた吉宗が半歩後ろに下がった。

「え……」

渾身《こんしん》の力をこめただけに、かわされた稲生が呆然とした。

「将軍自らが引導を渡してくれる。柳生新陰《しんかげ》流免許の躬の太刀をその身体に受けることを一期《いちご》の光栄だと思え」

ぐっと踏み出した吉宗が太刀を水平に薙《な》いだ。紀州で部屋住みだったころ、剣術に傾倒するしかなかった吉宗の手練《てだれ》はかなりのものであった。

勢いのついた太刀が稲生に吸いこまれた。

「…………」

首を飛ばされた稲生が声もなく絶命した。

「うげええ」

噴き出す血に小姓の一人が吐いた。

「なんともみっともないことを」

加納近江守が苦い顔をした。

「…………」

無言で村垣源左衛門が吉宗の前に出た。

「大事なかろう」

吉宗が村垣源左衛門に笑いかけた。

「ここまで刺客に入りこまれたが、小姓のなかに尾張に飼われた者はおらぬ。そこまで愚かでは小姓まであがれぬわ」

「はっ」

懸念《けねん》を払拭《ふっしょく》された村垣源左衛門が下がった。

「後続ございませぬ」

三人を討ち果たした後、中庭で警戒していた御広敷伊賀者が戻って来た。

「ご苦労であった」

吉宗がねぎらった。

「さて、大広間へ出向くとしようか。着替えを」

隅で固まっている小納戸たちを吉宗がうながした。

「ご老中さま、お目付さまにお報《しら》せをせねば……」

小姓組頭が吉宗に進言した。

「ならぬ」

一言で吉宗が却下した。

「なぜでございまする。このようなまねをいたしたのでございまする。尾張の当主を目付に預け、厳しく取り調べを……」

「言うな。今回のことは表沙汰にはせぬ。紀州から入った将軍を尾張が襲ったなどと明らかになってみよ、徳川の名前は地に落ちる」

同族で相争う一族に未来はない。それは乱世が証明していた。足利《あしかが》将軍家、三好《みよし》家、赤松《あかまつ》家など悲惨な末期をたどったものは枚挙《まいきょ》にいとまがなかった。

「ですが、このままではすませられませぬ」

小姓組頭が死んでいる組下の番士に目をやった。

「そなたの怒りはわかるが、小姓の本分であろう。将軍最後の盾というのが、小姓の矜持であり、いつでも死ぬ覚悟ができているはずだ」

「さようではございますが」

まだ小姓組頭は納得しなかった。

「そうか。では、表沙汰にしよう。尾張を潰そう。ただし、それだけで終わらぬぞ」

吉宗が小姓組頭を睨みつけた。

「ここまで刺客を通した大手門の書院番、大番《おおばん》組、新番組、そして小姓組の一同に切腹を申し付ける」

「ど、どういうことでございましょう。我らは上様を守り抜きましてございまする」

険しい声を発した吉宗に小姓組頭が驚いた。

「戦ったと申すのか、おまえたちは。あの体《てい》たらくでだ」

「…………」

鋭い吉宗の糾弾を受けて小姓組頭が黙った。

「この場で腹を切るべきだろう。将軍に太刀を抜かせたのだぞ」

己で太刀を手にしておきながら、吉宗がその責を小姓たちに押しつけた。

「それは……」

「まちがってはおらぬぞ。まともに戦ったのは、そこに倒れている者たちだけじゃ。もちろん、その者たちの家督は嫡男に継がせ、加増もしてやる。しかし、なにもしなかったそなたたちは御役怠慢である。家ごと潰して当然であろう」

強弁には違いないが事実である。また、それを押し通すだけの力を吉宗は持っている。

「……仰せのままに」

小姓組頭が折れた。

「安心いたせ。表沙汰にせずとも、この者たちのことは悪くせぬ」

死した小姓の跡を吉宗が保証した。

「では、参るぞ。近江、供をいたせ」

用意を終えた吉宗が加納近江守に告げた。

「はっ。一同、ここであったことは他言無用である。噂は防げぬが、それ以上のものが出たとき、そなたたちの責とする。片付けをいたしておけ」

加納近江守も皆に脅しをかけた。

「……上様」

御休息の間を出たところで加納近江守が吉宗に声をかけた。

「なんだ」

前を見たままで吉宗が質問を許した。

「わざわざ太刀を御自ら振るわれたのは、役に立たなかったとして小姓どもを抑えるためでございますな」

「そうだ。あやつらに声高《こわだか》に尾張を潰せと騒がれてはまずい。御三家に叛《そむ》かれた将軍と言われれば、老中を始めとする役人どもが躬を軽《かろ》んじよう。それでは、幕政の改革ができぬ」

確認した加納近江守に吉宗がうなずいた。

「お考えはわかりましてございまするが、あのようなまねは今回限りでと、お願いをいたしまする」

「二度とあってたまるか」

釘を刺した加納近江守に吉宗が応じた。

第二章　忍の矜持

一

菜を連れて水口の宿を出た聡四郎一行は、一刻《いっとき》（約二時間）ほど進んだところで男に進路を塞がれた。

「逸造どの」

菜が名前を口にした。

「ほう、こやつがものごとを理解できぬ馬鹿か」

端《はな》から聡四郎は逸造と呼ばれた伊賀郷忍を挑発した。

「どけ、菜。そなたを傷つけたくはない」

逸造が聡四郎と大宮玄馬の前に立つ菜へ手を振った。

「お止めください。何度も何度も話し合ったではございませんか」

「条件が変わったのだ。死ぬはずだった山路と播磨が生きて帰ってきた。吾が祖父は死んだのにだ。きっと二人は祖父を犠牲にして、命乞いをしたのだろう」

菜の説得を逸造は切って捨てた。

「そんなことは……」

「無駄だ」

まだなんとか逸造を落ち着かせようとする菜を聡四郎が制した。

「伊賀の郷を滅ぼしてもよいと思っているのだ。今更話など聞くまい」

「……なんだと」

「それはっ……」

聡四郎の言葉に逸造と菜が驚いた。

「気がついていなかったのか、おまえは」

大仰《おおぎょう》に聡四郎があきれて見せた。

「説明しろ」

「前も言ったのだがな、どうやら郷の者にまでは届いていなかったようだ」

要求した逸造に聡四郎がため息を吐いた。

「吾はなんだ」

聡四郎が問うた。

「伊賀忍の仇だ」

「身分を問うておる」

「旗本であろう」

答えた逸造を聡四郎が冷たい目で見た。

「そうだ。そして御上役人でもある」

「それがどうだと……」

「わからぬのか。伊賀忍は、御上役人である吾を何度も襲っている。つまりこれは幕府への敵対である」

「そんなつもりはない。我らはおまえとその従者だけを狙っている」

決めつける聡四郎に逸造が否定した。

「屋敷も襲われ、家族も狙われた」

「……当然だ。仇を苦しめるためならば、何でもするのが忍だ」

詰問《きつもん》する聡四郎に逸造が応じた。

「先ほどの話と矛盾しておるぞ。舌の根が乾かぬどころか、出た言葉が消える前に違うことを申すとは、忍はやはり信じられぬ」

聡四郎が嘲笑《ちょうしょう》した。

「…………」

逸造が沈黙した。

「まあいい。どうせ聞く耳は持つまい。家族も襲うと宣したな、先ほど」

「ああ。忍の恨みの恐ろしさを報せるための見せしめだ」

確認した聡四郎に逸造が首肯した。

「吾が妻が上様の姫だとしてもか」

「そんなことが……」

逸造が絶句した。

「菜、知っていたのか」

あわてて逸造が菜を問いただした。

「姉から聞かされておりました」

菜が肯定した。

「なぜ、それを頭領は教えてくれなかった」

逸造が顔色を変えた。

「今の頭領はそこまで気が回っておりませぬ。郷を生き残らせることに必死なので。前の頭領はそれを知ると、郷の皆が水城さまに手出しできなくなると考えて、秘したのでしょう」

苦い顔で菜が述べた。

「わかったか。そなたたちがなにをしたのか。御上役人と将軍家の姫を害しようとした。上様がそれを黙って許されると思っているならば、よほど郷忍というのはおめでたいな」

「…………」

逸造が声を失った。

「吾がここで討たれる、あるいは江戸へ、またも伊賀の郷忍に襲われたと報せたら……一月《ひとつき》もしないうちに藤堂《とうどう》の兵が伊賀を攻めるぞ」

「藩士ていどに我らが滅ぼされるものか。あの織田信長でさえ伊賀を潰せなかったのだぞ」

聡四郎の話を逸造が笑い飛ばした。

戦国のころ天下取りに邁進《まいしん》する織田信長は膝を屈しない伊賀を攻めたが、地の利を知り尽くした忍に翻弄され、十分な成果を出せなかった。

「時代をわかっておるのか。信長公が伊賀を攻めた天正《てんしょう》のとき、織田の勢力は京より西、駿河より東、加賀《かが》より北には及んでいなかった。だから忍は生き延びた。しかし、今は天下すべてが徳川のもとにあり、津々浦々のどこへ逃げようとも御上の追っ手からは逃げられぬ。また、かばってくれる者もおらぬ」

聡四郎が現実を説いた。

「上様が決断されたとき、伊賀の忍の居場所はなくなる。それこそ、根絶やしにされることになる。上様は苛烈《かれつ》なお方である」

「…………」

「退《ひ》いてください。逸造どの」

なにも言えなくなった逸造に菜が勧めた。

「……いいや」

しばらく眉間にしわを寄せていた逸造が、ゆっくりと首を左右に振った。

「それでは郷がずっと泣き寝入りではないか。京の伏見《ふしみ》で、江戸で、そして昨日、郷の者が殺された。その仇も討たず、我慢せよなど……」

逸造が一度言葉を溜めた。

「忍の矜持がそれを許さぬ」

かっと逸造が目を大きく見開いた。

「なにを今更……すべてそちらから手出しをしてきたのだ。我らは降りかかる火の粉《こ》を払っただけだ。逆恨みではないか」

黙って見ていた大宮玄馬があきれ果てたとばかりに口を出した。

「きさまが、大宮玄馬だな」

逸造が大宮玄馬を睨んだ。

「それがどうした。どちらが正しいかの見極めもできぬ者よ」

大宮玄馬がさらに煽《あお》った。

「そのていどのこともわからぬ愚か者に、袖は渡せぬな」

わざと大宮玄馬が袖を呼びすてにした。

「きさま……殺してやる」

恋敵の一言にあっさりと逸造が乗った。

「逸造どの、いけませぬ」

菜が語気を強くし、なんとか逸造を抑えようとした。

「どけ、菜。邪魔はさせぬ」

忍刀を抜いた逸造が、声を荒らげた。

「殿、よろしいでしょうや」

大宮玄馬が聡四郎を見上げた。

「まったく……」

聡四郎が嘆息した。大宮玄馬が主君を危険にさらさぬよう、わざと逸造の敵意を己に向けさせたと聡四郎はわかっていた。

「袖にはそれだけの価値がある。玄馬、勝て」

聡四郎が認めた。

「かたじけのうございまする」

大宮玄馬が一礼して、前に出た。

「いけませぬ、大宮さま。逸造は残っている郷忍のなかでは随一の遣い手でございまする」

菜が大宮玄馬の衣服の端を摑《つか》んで止めようとした。

「下がっておられよ。義妹を傷つけるわけにはいかぬ。袖に叱られるわ」

「袖を呼び捨てにするな」

笑いながら菜を宥《なだ》めた大宮玄馬に逸造が牙を剝《む》いた。

「あれではおさまるまい。菜、こちらへ来い」

無駄だと聡四郎が菜に首を横に振って見せた。

「……はい」

聡四郎に言われてはしかたがない。菜が従った。

「水城家家臣、大宮玄馬」

「…………」

脇差を抜いて名乗った大宮玄馬に逸造は応じなかった。

「袖の許婚《いいなずけ》じゃ」

「……黙れええ」

今度は逸造も反応した。

「死ねやあ」

逸造が右手に忍ばせていた棒手裏剣を放った。

「ふん」

小さく笑って大宮玄馬がそれを脇差で弾《はじ》いた。躱《かわ》せば後ろにいる聡四郎たちに被害が出るかも知れないからであった。

「もらった」

話をしている間にも逸造は近づき、間合いはすでに五間《けん》（約九メートル）を割っている。手裏剣への対応で切っ先を動かしたのを隙と見た逸造が大宮玄馬へと突っこんだ。

「……愚かなり」

大宮玄馬も応じて前へ出た。

小太刀の特長は太刀より短く、間合いが近い代わりに動きが軽い。逸造が大宮玄馬を間合いに捉《とら》える前に脇差はしっかりと下段の位置へと戻っていた。

「しゃああ」

忍刀は小太刀よりも長い。その利を逸造はいかし、忍刀を真横に薙いだ。

「せやっ」

上段で頭を狙ったところで、動かれては意味がない。大きな胴を目標にして、致命傷とはいかずとも傷を与え、戦力を落とそうという逸造の一撃を大宮玄馬は撥ねあげた脇差で打ち払った。

「ちいい……やっ」

逸造が素早く退いた。退きつつ、もう一本隠していた棒手裏剣を投げつけた。

至近距離からの手裏剣は対応が難しい。これを脇差で受けたりすれば、さすがに構えを戻す暇はなくなってしまう。

「かまわぬ」

聡四郎が声をかけた。

「はっ」

大宮玄馬が身をひねって手裏剣を躱した。

「主人を捨てたか」

動揺を誘おうとした逸造へ、大宮玄馬が腰を低くして詰めた。

「こいつっ」

感情を揺るがすことさえなく迫る大宮玄馬に、逸造が息を呑んだ。

「させるか」

逸造が間合いを空けるために、後ろへと跳んだ。

「……やっ」

大宮玄馬が脇差を下段から突き出した。

「届かぬわ……なにっ」

十分間合いを取った逸造が大宮玄馬の一撃を笑おうとして、蒼白になった。

脇差の柄《つか》から大宮玄馬は手を離し、振った勢いのままで脇差が逸造へと向かって飛んだ。

「くそっ」

戦っている最中に得物《えもの》を手放すなど考えてもいなかった逸造があわてた。手にしていた忍刀で脇差を打ち落としたが、その切っ先は大いに乱れた。

「おうやあ」

足を止めず、脇差の代わりに太刀を抜いた大宮玄馬が突いた。

「……あうっ」

逸造の腹を大宮玄馬の太刀が貫いた。

「くそっ」

致命傷と気づいた逸造が道連れとばかりに手にしていた忍刀で大宮玄馬を狙った。

「無駄なことを」

大宮玄馬が逸造を哀れみの目で見た。

「あっ」

脇差を打ち払って下に向いていた忍刀を振りあげようとした逸造だったが、己の腹から生えたような形の太刀に阻《はば》まれてしまった。

「吾を忘れた剣術遣いは、刀を振りあげようとする。そのまま吾が足を切っ先で払えば、せめて報いられたろうに」

太刀を抜きつつ、後ろへ下がった大宮玄馬が逸造に語りかけた。

「あああああ」

太刀が抜け、障害のなくなった忍刀を振りあげた逸造が大宮玄馬へ最後の攻撃を加えようとした。

「慈悲だ」

素早く動いた大宮玄馬の太刀が逸造の胸に止《とど》めの一撃を入れた。

「…………」

心ノ臓をやられた逸造が声もなく倒れた。

「逸造どの……」

菜が膝を突いた。

二

大広間の大名たちは吉宗の出座が遅れていることを訝《いぶか》しみながらも、文句を言わず黙って待っていた。

「そろそろ四半刻《しはんとき》（約三十分）になるな」

目付の草場が首をかしげた。

「御休息の間へ様子を見にいくべきか」

草場が悩んだ。

本日、草場の役目は大広間に列座している大名たちの見張りであった。無事に月次登城の目通りが終わるまでは、この場を離れるわけにはいかなかった。

「前触《さき》れの小姓も来ぬ」

将軍の出座前には、かならず前触れがあった。

「上様、御成《おなり》でございまする」

待っている者たちに再度敬意を表するように促す意味と、謁見《えっけん》場所になにか異常がないかどうかを確かめるためのものであった。

「野辺三十郎のことといい、どうも今日はおかしい」

草場は不審を感じていた。

「……う、上様の、お、御成でございまする」

顔色の悪い小姓が、震えながら前触れを発した。

「なんだ……」

草場が怪訝な顔をした。

「御成」

大広間で待機していた老中が吉宗の姿を確認して、声をあげた。

「ははあっ」

百をこえる大名たちが一斉に額を畳に押しつけた。

「…………」

いつもと同じ態度で、吉宗が大広間上段中央に置かれた敷きものの上に腰を下ろした。

「一同、顔をあげよ」

「ははあっ」

吉宗の合図で大名たちが額を畳から外した。

許しが出たからと、すぐに背筋を伸ばしては咎められる。高貴な身分の方の顔を見ることはかなりの無礼とされていた。

「大儀《たいぎ》である」

一通り大広間を見渡した吉宗が、ふたたび声を出した。

「ははあっ」

大名たちがもう一度額を畳に当てた。

「お立ちである」

老中が吉宗の退出を告げた。

「……………」

吉宗の足音が聞こえなくなっても、大名たちは勝手に平伏を止められなかった。

「けっこうでござる」

目付が許可を出すまで、そのままでいなければならない。

「ご威光でござるな」

「いやはや、上様の覇気《はき》は畏るべしでござる」

目付から解放するとの言葉を受けた大名たちが、ようやく顔をあげた。

もちろん、疲れているからといってため息など吐けば、厳しい咎めが待っている。

皆、吉宗の権威を褒めながら、ため息を出さないように気を遣う。

「後を頼む」

大名の退出を待っていられなかった草場が、同僚に頼むと大広間から出た。

「……なにかがあった」

草場は異常を確信していた。

「止まれ。何者だ」

大広間から御休息の間へと向かう途中にある新番所で草場は誰何を受けた。黒麻 裃《がみしも》を身につけているのは城中で目付だけである。一目で身分と役目がわかるのだが、だからといって通していては、番所の意味がない。

形式だけとはいえ、新番による人体検《あらた》めは受けなければならなかった。

「目付、草場大炊介《おおいのすけ》である」

草場が足を止めて名乗った。

「上様へお目通りを願う」

続けて草場が用件を告げた。

目付にはいつでも将軍へ目通りを願う権があった。これをたとえ老中、新番であろうとも止めることはできなかった。

「通られよ」

新番士が通路を空けた。

「うむ」

鷹揚《おうよう》にうなずいて、草場が御休息の間へと足を進めた。

「お目通りをいただきたい」

「待たれよ。上様に伺って参る」

草場の求めを受けたのは、加納近江守であった。

「すぐに老中か目付が様子を窺《うかが》いに来る。近江、そなたが捌《さば》け。小姓どもでは見ただけで異常があったとわかる」

吉宗の推測に従って、加納近江守が御休息の間入り口で待機していたのだ。

「わかりましてございまする」

加納近江守がうなずいたのも当然であった。本来ならば御休息の間出入り口付近で控えているべき小姓たちは、さきほどの衝撃が抜けず呆然としていた。

「承知」

加納近江守の指図に草場が首肯した。

いかに目付といえども、将軍のつごうには合わさなければならない。押し通るようなまねをすれば、咎められてしまう。

「……お目通りを許される。入れ」

しばらくして加納近江守が草場へ返答した。

「御免」

一礼して草場が御休息の間下段へと入った。

「こ、これは」

わずかな刻《とき》では、血にまみれた御休息の間を片付けることはできなかった。草場は荒れ果てた御休息の間に絶句した。

「座れ」

立ったままで唖然としている草場へ吉宗が命じた。

「上様、一体なにが……」

「見ての通りじゃ」

吉宗が両手を拡げて見せた。

「……まさかっ」

草場が死した小姓たちに気づいた。

「違う。その小姓たちは躬を守って命を散らした。功績ある者じゃ」

吉宗が草場に勘違いをするなと言った。

「ですが……他には」

草場が御休息の間の隅から隅まで目を走らせた。

「狼藉者ならば、庭じゃ。不浄の者を御休息の間に置いてもおけまい。外に放り出している」

「御免」

断りを入れて立ちあがった草場が、中庭へと出た。

「上様、よろしかったのでございますか」

加納近江守が、草場がいなくなるのを待って問うた。

「隠しとおせるわけなかろう」

吉宗が御休息の間の隅で震えている小姓や小納戸を目で示した。

「あのような顔色で城中を移動してみろ、たちまち異変があったと見抜かれるわ。小納戸はまだしも小姓は名門旗本だというゆえ、少しは肚が据わっておるかと期待したのだが……」

情けないと吉宗が天を仰いだ。

「…………」

言われた小姓たちが俯《うつむ》いた。

「反発もない。馬鹿にするな、辞めてやるとも申さぬ。これが今の旗本。徳川を支える者どもがこれでは、幕府が駄目になるのも当然だ。いや、幕府が腑《ふ》抜《ぬ》けたから旗本がこうなったと言うべきか」

吉宗が嘆息した。

「無理はございませぬ。お側近くにいながら、職を辞した、あるいは辞せと命じられたとなれば、上様のご機嫌を損ねたと世間に報せるも同義。そうなれば、これからさき御当代の間は親戚づきあいもできませぬ」

あまりきつく叱らぬようにと、加納近江守が吉宗を宥めた。

「ふん、それくらいは躬もわかっておるわ。問題はそこに至る前にある。御休息の間が襲われるとさえ思っていなかった、その油断が許されぬ」

吉宗が糾弾した。

「……上様」

草場が顔色を変えて戻って来た。

「あの者どもは……」

「わからぬ。無言で斬りかかって参ったのでな」

草場の問いに吉宗が首を横に振った。

「経緯《いきさつ》を聞かせていただきたく」

「近江」

草場の求めを吉宗は加納近江守に任せた。

「はっ」

命じられた加納近江守が、草場に語った。

「警固の御庭之者《おにわのもの》が中庭から近づく狼藉者に気付き……小姓たちが身を挺《てい》して上様をお守り申しあげた」

加納近江守が吉宗と打ち合わせた話をした。

「そのようなことが……」

草場が驚いた。

「少しよろしいか」

「好きにいたせ」

顔を見た草場に吉宗がうなずいた。

「そこな小姓、委細《いさい》に違いはないか」

草場が手近な小姓に問うた。

「そ、そのとおりでござる」

小姓が認めた。

吉宗の作り話を否定すれば、己たち小姓が何の役にも立っていなかったことを口にしなければならなくなる。それを目付に知られれば、まちがいなく咎めを受ける。事情が事情だけに、切腹改易は免れない。

「そちらのそなたは」

もう一人の小姓に草場が確認をした。

「確かでござる」

小姓が首を縦に振った。

「上様、この後始末、わたくしにお任せをいただきますよう」

草場が願った。

「近《ちこ》う寄れ」

諾否《だくひ》を口にせず、吉宗が草場を呼んだ。

「……はっ」

草場がほんの少しだけ近づいた。

「無駄なことをするな。さっさとそこへ参れ」

礼儀を守る目付として型通りの行動をした草場に、吉宗が面倒くさそうな顔をした。

「ただちに」

あわてて草場が膝行《しっこう》した。

「この後始末は決まっておる。なにもなかったことにする」

「それは認められませぬ。目付として城中の静謐《せいひつ》を……」

「全員切腹になってもか」

「ここまで曲者《くせもの》を通した書院番、大番、新番が咎めを受けるのは当然でございまする」

吉宗の言葉を草場は受けいれた。

「書院番、大番、新番は将軍の警固ゆえ、知らなかったではすまぬ。罰を与えられて当然ではある」

草場の意見に吉宗が同意した。

「ところで、目付の責任はどうなる」

「目付に責任などございませぬ」

吉宗の質問を草場が否定した。

「表御殿への出入りは、目付が見ていたはずだが」

「…………」

冷たい目で見る吉宗に草場が黙った。

「少なくとも本日の当番は死罪だ。いや、玄関番だけではない。城中見廻りをしていた者も死罪である」

「死罪……切腹も許されぬと」

「そうだ。目付は他職を監察するのが役目だ。となれば他の者以上の責任がある。でなければ、他人を罪に問うなど僭越《せんえつ》になろう」

「どのようにいたせば」

目付が切腹ではなく死罪、斬首される。こうなれば目付の権威はなくなったも同然であった。

「なにもなかった。それでよいな」

「……はっ」

草場が吉宗に膝を屈した。

「ふむ。気に入ったぞ、そなた名前を申せ」

「目付、草場大炊介でございまする」

目通りのときに名前を報されているはずだが、臣下はそれを指摘するわけにはいかない。草場が名乗った。

「覚えた」

「畏れ入りまする」

将軍の覚えがめでたくなるのは、出世の糸口である。

目付の出世は難しい。目付を務めてから勤務精励《せいれい》で出世する先は、遠国奉行がほとんどであった。

その遠国奉行にも格式があった。京都町奉行、大坂町奉行は、勘定奉行や町奉行への出世がある。ともに旗本があがれる役目としてほぼ最高であり、一年でも任につけば家の格があがり、役目を退いた後、小普請組《こぶしんぐみ》ではなく寄合《よりあい》になれる。数千石以上の旗本が役目に就くまでの待機場所である寄合となれば、家督を譲った息子の初役もよくなる。書院番組頭や小姓番組頭などから役人を始めれば出世も早く、うまく将軍のお気に入りになれば、大名になることも夢ではなかった。

また、そこまでの出世は望めないが、長崎《ながさき》奉行や大津《おおつ》奉行など交易や交通の要所に赴任《ふにん》すれば余得が大きい。長崎奉行は一度やれば孫子の代まで裕福に過ごせるとして垂涎《すいぜん》の的となっている。

それらに対して、下田《しもだ》奉行や佐渡《さど》奉行などは出世したところで奈良《なら》奉行や日光《にっこう》奉行などの名誉職がよいところで、隠居するまで江戸へ戻れないことも多い。

そんななか、能力で人を引きあげる吉宗に認められたのだ。

草場が喜んだのも当然であった。

「そう言えば……」

ふと草場が思い出したと声を発した。

「いかがいたした」

「目付、野辺三十郎をご存じでございましょうや」

怪訝《けげん》な顔をした吉宗に草場が尋ねた。

「誰だ、近江」

吉宗がわからないと加納近江守へ投げた。

「上様が自ら咎められた目付が、確かそのような名前であったかと」

加納近江守が述べた。

「ああ、あやつか」

吉宗が思い出した。

「その野辺某がどうした」

「今朝から……」

草場が説明をした。

「わかった。任せる」

吉宗が草場の意図をさとった。

「かたじけのうございまする」

草場が平伏した。

「医師を呼べ。小姓たちはまだ生きている体《てい》で城外へ出す」

「承知いたしましてございまする」

吉宗の指図を草場が受けた。

これは特別なことではなかった。江戸城中には登城日でなくとも数百の役人たちが働いている。となれば病を発する者、怪我をする者も出た。

それらの状況に対応すべく、幕府は表御番医師を設け、急病、傷害への対応をおこなっていた。もちろん、表御番医師は幕府の医師として禄を受けているので、つごうの悪いときの対応も心得ている。

「斬られている」

城内で刃物傷の怪我人、死人が出たら大事になる。もちろん、表御番医師としての職責上、その旨を目付へ届けなければならない。となれば、異常の報告を受け取る目付側が、あらかじめ言い含めておけば融通も利いた。

「急病でござれば、急ぎ戸板を手配してお屋敷へお運びあれ」

こう表御番医師が言えば、それがたとえ死体であっても通るのだ。

事実、大老堀田筑前守正俊は、ほぼ即死状態であったにもかかわらず、生きているとして屋敷まで移送され、後日死亡の届けが出されるという形を取った。これは、将軍御座の近くで死人が出るという不祥事を隠すためであり、今回もその前例を踏《とう》襲《しゅう》することになる。

「では、手配を」

一礼して草場が出ていった。

「上様……」

「遣えるならばそれでよかろう。なに、いずれは水城を目付にするのだ。それまでの繋《つな》ぎだと考えればよい。聡四郎と入れ替わりに長崎奉行にでもしてやれば、黙っていよう」

気遣う加納近江守に吉宗が応じた。

三

逸造を返り討ちにした大宮玄馬をねぎらった聡四郎が表情を険しくした。

「出て来い、山路」

聡四郎が声を荒らげた。

「なにをっ」

逸造の最期に悄然としていた菜が目を大きくした。

「お気づきでございましたか」

木立の向こうから山路兵弥が姿を見せた。

「山路さま……なぜ、ここに」

菜が目を疑った。

「いや、逸造が頭領の指図を受けいれず、郷を抜けたからの。万一があってはならぬと後を追って来たのよ」

山路兵弥が頭を掻いて見せた。

「いつお気づきに」

なぜばれたのかを山路兵弥が聡四郎へ問うた。

「気づいたのは、宿を出たときだ。菜が来ているのに、そなたらがいないのはおかしい。菜がどれほど忍の技に優れていようとも、そなたたちより上とは思えぬ」

聡四郎が説明した。

「畏れ入りましてございまする」

山路兵弥が頭をさげた。

「なぜ、玄馬に戦わせた」

機嫌の悪さを露骨に見せながら、聡四郎が訊いた。

「…………」

「そうでございまする」

つごう悪そうに山路兵弥が黙り、菜が聡四郎に同意した。

「山路さまが逸造どのを抑えてくださったら……」

菜が身をもんだ。

「無駄じゃ」

力なく山路兵弥が首を左右に振った。

「説得に応じるようなれば、最初から郷を抜けまい。それに逸造は小技こそ不得手だが、体術は郷でも指折りじゃ。無傷で捕らえることなどできぬ。儂《わし》か逸造か、どちらかが死ぬ、あるいは大怪我をしただろう。いや、下手をすれば二人ともがな」

山路兵弥が告げた。

「だからといって、吾が家臣を危難に向かわせてよいというものではない」

聡四郎が糾弾した。

「死に場所をくれてやりたかったのでございまする。いや、満足して死なせてやりたかったのかも知れませぬ」

地に伏している逸造に山路兵弥が目を向けた。

「郷忍は変わりまする。指折りの遣い手が相次いで倒され、先代の頭領が抜けた。これはもう掟の崩壊でござる」

伊賀の郷忍には決して破ってはいけない掟があった。

その一つが仲間の仇はかならず討つというものであり、京の伏見で郷忍を二人倒した聡四郎と大宮玄馬がしつこく狙われたのはこれによった。

しかし、郷忍の襲撃は聡四郎と大宮玄馬、そして二人の剣術の師である入江無手斎《いりえむてさい》らによって防がれ、片手では足りない数の郷忍が死んだ。

他国へ出かけて忍の働きをする。それだけの実力を持った郷忍はそうそういない。伊賀の郷に百人の住人がいたところで、両手の指を合わせたより少し多いくらいなのだ。その貴重な郷忍が半減してしまったとあれば、従来のように仕事をこなすことは難しい。

そうでなくとも忍の育成は手間なのだ。生まれ落ちた者のなかで素質に恵まれた子供に十年以上の修行をさせてようやく半人前、一通りの忍技が遣えるようになってから簡単な仕事を何度かさせてやっと一人前になる。減ったからといって、そうそう補充ができるものではない。聡四郎たち、いや吉宗と敵対したことで伊賀の郷は大きな痛手を受けていた。

そしてもう一つの掟が、郷を抜けることを許さないというものであった。

これは、何百年とかかって昇華されてきた伊賀忍の技が抜けた者によって流出するのを防ぐためであった。

忍は奇道《きどう》、すなわち人の隙《すき》を突くものである。奇襲、隠遁《いんとん》こそ忍の極意であった。それを敵に知られてしまえば、どれほど手練《てだれ》の忍でも勝てなくなる。任務を失敗する忍に仕事の依頼は来なくなり、それこそ郷の存続にかかわった。

他にも細かい掟はあるが、この二つがなかでも重い。

今回、その二つが伊賀の郷の首を絞めた。復讐で忍が減ったところに、掟の守護者たる頭領が抜けたのだ。

伊賀を守り、そして縛り続けてきた掟が崩壊した。

「今の頭領が、伊賀の郷を分けると言い出しましてな」

「分ける……忍ともう一つはなんだ」

聡四郎が山路兵弥に質問した。

「商人でござる」

「はい。伊賀は山間《やまあい》、とても村を養うだけの田畑はございませぬ。また、鍛冶《かじ》などをおこなおうにも、村を支えるだけの鉄などが出ませぬ」

「なるほどな。商人となって金を稼ぎ、仕送りをする者と伊賀に残り、先祖代々の技を受け継ぐ者を分けるか。やるのが少し遅すぎる気はするがの」

聡四郎が感想を口にした。

「遅すぎた……たしかに」

山路兵弥が認めた。

「ですが、先祖から受け継いできた生きかたしか知らなかったのでござる」

初めて感情をこめた叫びを山路兵弥があげた。

「伊賀の郷で生まれ、育ち、死んでいく。それ以外のことを我らは知りませぬ。知らなければ、それが幸福であり、不幸。伊賀でのすべてでござった」

山路兵弥が目に涙を浮かべた。

「おかしなことを言う」

聡四郎が冷静に言った。

「伊賀の者は仕事を受けて、いろいろなところへ行ったのであろう」

「参りました。それこそ、琉球《りゅうきゅう》から奥州《おうしゅう》、蝦夷《えぞ》地にまで」

確認した聡四郎に、山路兵弥がうなずいた。

「当然、大坂や江戸にも足を運んでいる。そこで見聞きしてきたこともあったであろう。大坂ではこうやって金を儲けている、江戸ではこんな仕事がある。こういった話が入ってきたはずだ」

聡四郎が疑問を呈した。

「他国で得た話はすべて頭領だけに報され、たとえ親子夫婦であろうとも漏らさないのが掟」

「また掟か……」

山路兵弥の返答に聡四郎があきれた。

「まあ……よい。掟を法度と考えればな」

法度は幕府が出す命令である。武家諸法度、禁中《きんちゅう》並《ならびに》公家諸法度など、幕府が出したこれらが天下の法となり、これに反した大名や公家は咎めを受ける。当然、遵守、厳守しなければならないものであった。

「しかし、天下の情勢を少なくとも頭領は知っていたはずだ。なぜ、そこで頭領はあらたな手を打たなかった」

「それは……」

訊かれた山路兵弥が啞然となった。

「…………」

菜も呆然とした。

「やれ、それにも気づいておらなかったようでございますな」

大宮玄馬が大きく息を吐いた。

「それだけうまく、操っていた。いや、先祖代々、頭領以外は気づかないようにされてきた。言われることだけをして、余分なことを一切考えないように仕込まれてきたということだな」

聡四郎が憐憫《れんびん》の情を感じた。

「くされめがあ」

山路兵弥が激発した。

「何人が冬をこせず、凍死したか。どれだけの子供を育てられぬとして間引きしたか。数えきれぬほどの老人が食い扶持《ぶち》を減らすとして、谷に身を投げたか……」

「ああああああ」

菜が嘆きのあまり両手で顔を覆ってしゃがみ込んだ。

「母は、母は医者にかかる金がないと……」

「……母上どのが……」

菜は紬の妹である。紬と将来を約束している大宮玄馬にとって、菜の母は義母にあたった。

「おのれ、藤林《ふじばやし》……」

地の底を這《は》うような重い響きで、山路兵弥が逃げた頭領の藤林を恨んだ。

「……水城さま」

山路兵弥が膝を突いた。

「なんだ」

「吾を一行にお加えくだされ」

問うた聡四郎に山路兵弥が願った。

「人手は足りておる」

聡四郎が少し離れたところで、静かに待機している傘助《さんすけ》と猪太《いのた》へ目をやった。

「給金など要りませぬ。ただ、江戸へのお供をお許しいただきたく」

「金の問題ではないのだがな」

気を回した山路兵弥に聡四郎が苦笑した。

「頭領を討つ気だな」

「いかにも」

聡四郎に確かめられた山路兵弥が力強く認めた。

「ならぬ」

大宮玄馬が割りこんだ。

「殿の一行に参加していた者が、江戸で騒動を起こすなど許されぬ。殿のお名前に傷がつくではないか」

強硬に大宮玄馬が反対した。

「騒動……そのようなものは起こりませぬ。忍の戦いは、寝ている赤子の隣でおこなわれても、目覚めさせぬものでござる」

心外だと山路兵弥が首を横に振った。

「ならば、勝手に江戸へ行き、思うがままに戦え。殿のおられぬところでだ」

大宮玄馬が手で追い払った。

「江戸の闇に溶けこんだ忍を探し出すのは、かなり困難でござりますので」

山路兵弥が理由を続けた。

「ですが、水城さまのお側におれば、向こうから近づいて参りましょう。一度でも匂いを残せば、それをたどり決して逃がしませぬ」

「また来るか……」

聡四郎が面倒だと嘆息した。

「あの藤川義右衛門があきらめるとでも」

「しつこすぎるわ」

山路兵弥の言葉に、聡四郎が疲れ果てた顔をした。

「供に加わるのは認めてやるが、吾は御用の最中である。これから京へ向かわねばならぬ。江戸へ戻るのはまだ先であるぞ」

「それくらい。忍の本分は辛抱でござりまする」

今すぐというわけにはいかないと釘を刺した聡四郎に、山路兵弥が首を縦に振った。

「播磨麻兵衛も連れて参りまする。では、京にて」

そう言った山路兵弥が消えた。

「まさに化生《けしょう》よな。我らはよく生き延びてきたことだ」

伊賀の郷忍の技に聡四郎が感心した。

四

聡四郎の妻紅《あかね》は江戸城出入りの口入れ屋《くちいれや》相模屋《さがみや》伝兵衛《でんひょうえ》の一人娘である。紆余《うよ》曲折《きょくせつ》の結果、吉宗の養女となり、聡四郎のもとへ嫁ぎ、娘を産んでいた。

「よくお飲みになられまする」

紅の乳を飲んでいる紬《つむぎ》に水城家の女中となっている袖が頬を緩めた。

「母としては、吾が子が乳をたっぷり飲んでくれるのはうれしいことなんだけどねえ……」

娘の頬を突《つつ》きながら紅が苦笑を浮かべた。

「旦那さまもあたしも人より大きいから、紬もそうなるんじゃないかと……」

男の背が高いのは武家として歓迎される。それだけ膂力《りょりょく》が強いとか、手が長く剣や槍の間合いが他人よりも広いとかで、武士の表芸たる武術で有利になると考えられているからであった。

それに対し、女の身体が大きいのはあまり褒められなかった。夫よりすべてにおいて控えなければならないのが武家の妻なのだ。あまり大きいと、嫁入り先さえままならなくなる。

「あたしのように、いい人を自分で見つけるというわけには、なかなかいかないしねえ」

紅と聡四郎は、出会いからしてまともではなかった。

勘定吟味役として勘定奉行荻原《おぎわら》近江守重秀《しげひで》の不正を暴くように新井白石《あらいはくせき》から命じられた聡四郎が、お忍びで御用普請の現場を視察に行ったのを紅が食いつめ浪人が仕事を探していると勘違いし、実家へ連れて帰ったのが始まりであった。

その後、相模屋の江戸城出入りという看板を狙った甲州屋《こうしゅう》にさらわれた紅を聡四郎が救ったり、荻原近江守から送られた刺客と戦い傷を負った聡四郎を紅が看病したりと想いを重ねて、二人は夫婦になった。

もっとも、いかに江戸城出入りの相模屋の娘とはいえ、五百五十石の旗本の妻にはなれなかった。形だけでも武家の養女となってから嫁に行くという体裁を整えなければならない。そこに当時まだ紀州藩主で八代将軍の座を狙っていた吉宗がつけこんだ。結果、紅は吉宗の養女となり、聡四郎に嫁いだ。

そう、紅は名前だけだが将軍の娘である。その紅が産んだ紬は、将軍の孫であった。

「初孫である紬の婚姻は躬が決める」

そこへ吉宗の宣言がなされた。

「すわっ、好機ぞ」

小大名、旗本がざわついた。

紬は吉宗の初孫と言われているが、徳川の血を引いてはいない。本当に吉宗の孫娘をもらうとなれば、徳川の縁戚としてふさわしいだけの家格、石高が必須になる。それこそ、大名ならば加賀百万石、伊達《だて》六十二万石など、公家だと五摂家《せっけ》以上でなければならない。

しかし、紬は徳川の血筋ではない。敷居が端から低く、千石以上の旗本、数万石の小大名でも十分に資格はある。

それでいて、紬は吉宗が初孫だとして愛《め》でている。紬を正室として迎えれば、吉宗の覚えはめでたくなる。加増や幕府の重要な役目への就任が夢でなくなるのだ。

「厭《いと》われないように育って欲しい……」

紅は娘の将来を危惧《きぐ》していた。ただ、吉宗との繫がりだけを求めての婚姻は、紬の幸福ではない。

「随分と気の早いことを」

ため息を吐く紅に袖が笑った。

「なにを言っているの。あなただって、玄馬さんの妻となって子をなしたら、同じ思いをするんだからね」

武家の妻としての口調を忘れて、紅が伝法《でんぽう》に言った。

「……大宮さまとそうなったところで、わたくしどもは陪臣。その子供など町屋と縁を結んでもおかしくはございませぬ」

紬が否定した。

旗本や大名の家臣のことを陪臣と呼んだ。陪臣にも大名家の家老職のように数万石や数千石という大身もあり、そこの子供ともなれば婚姻にもいろいろな制限が付く。しかし、たかが五十俵そこそこの陪臣となれば、町屋から嫁を取ることも、商家へ婿入りすることも珍しくはなかった。

「甘いわ。旦那さまが全幅の信頼を置く玄馬さんと、あたしが信用しているあなたとの間に生まれた子よ。女の子ならば、まちがいなく紬の幼なじみになるわ。いや、する」

「な、なにを……奥方さま」

意味を悟った紬が顔色を変えた。

「紬の嫁入りに供してもらうから」

「そんな無体な……」

紅と袖が他愛もない話で盛りあがっているのを、廊下で入江無手斎が聞いていた。

「やくたいもないことを……」

授乳中ということで、障子は閉じられているが、なかでの話は筒抜けである。入江無手斎があきれていた。

「玄馬と袖の間に子ができてもおらぬし、できたとしても女とは限らぬというに、今話してもしかたないのに……それだけ平穏ということか」

入江無手斎が笑った。

「おっと、儂《わし》までが浮かれてはいかぬな。聡四郎から留守を任された以上は、なにごともなく守り抜くのが責務」

ぐっと入江無手斎が気合いを入れ直した。

「どれ、一回りするか。袖どのよ。ちと離れる」

障子ごしに入江無手斎が呼びかけた。

「……お任せあれ」

なかから袖の応答があった。

立ちあがった入江無手斎は屋敷の塀際へ寄った。

何度となく伊賀忍の襲撃、あるいは侵入を受けた水城家は庭の形状を変えていた。

侵入の足がかりになる木は屋敷の目隠しとするため庭の中心へと植え替えられ、塀の内側半間（約九〇センチメートル）にはなにも植えず、わずかな痕跡でも残るよう刷毛目《はけめ》をつけた砂地とされた。この刷毛目は毎朝、屋敷の小者によって整えられる。どれほど優秀な忍でも、刷毛目についた跡を屋敷の外へ出てから消すことはできない。

「なにもないか」

一周した入江無手斎が呟いた。

「どれ……」

入江無手斎が脇門から外へ出た。

脇門は屋敷の側面に設けられた奉公人たちが使う小さな出入り口である。もちろん、ここにも工夫はされていた。外から蹴破られることのないよう、内側に鉄芯を埋め込んであるうえ、蔵用の厳重な錠前が施されていた。

「……これは」

外に出て錠前を一度閉めようとした入江無手斎がかすかな傷に気づいた。鍵穴のなかに残されたわずかなひっかいたような筋を入江無手斎は見逃さなかった。

「開けようとしたな」

入江無手斎はなにもなかったかのように、錠前を閉じて屋敷の外を歩き始めた。

「……武家の屋敷を狙う盗賊がいてもおかしくはない」

武家は名を重んじるだけに盗賊が入ったとは表沙汰にしにくい。盗人を捕まえることなく、なにかを持っていかれたは恥になった。

これは武を任とする番方《ばんかた》だけでなく、勘定衆などの役方《やくかた》でも同じであった。

「情けなし」

「油断するからじゃ」

周囲から嘲笑されるだけですめばいいが、ときと場合によっては厳しい咎めを受けることもある。

「覚悟ができておらぬ」

「鼠賊《そぞく》ごときに侵されるなど旗本の名折れである」

ことが目付の耳に入ると面倒が起こった。

泰平になり、弓は弦を外され、槍は鞘《さや》を付けられても、武士は戦うものである。

算盤しか触ったことがなかろうとも武士であるかぎり、武を忘れてはいけない。

表向きの理由であり、実際は剣を振るよりも筆を走らせろと幕府も推奨しているが、あくまでも建前はある。

盗賊に入られたというだけで御役御免になってしまう。それを防ぐには入られたことを秘するしかない。つまり、被害を訴えないのだ。それを逆に取って武家屋敷こそいい稼ぎ場と考える盗賊はいた。

もっともこれは命がけの賭けになった。勘定方だが、武芸もできるというかつての聡四郎のような旗本もいるし、大宮玄馬や入江無手斎並の遣い手が家臣として仕えていることもありえる。

盗む相手を調べあげるのが盗賊の生き残るこつである。まちがえても聡四郎の屋敷に入ろうとする盗賊はいなかった。

「ないな」

己で言いながら、入江無手斎は否定した。

「となると……しびれを切らしたか」

残るは伊賀忍だけになる。入江無手斎が口の端を吊り上げた。

「養女とはいえ上様の娘、そして初孫と宣した赤子を狙う。それが意味することをわからぬほど愚かであったとはな」

入江無手斎が声を出さずに嘲笑った。

笹助は藤川義右衛門の指図に従って、水城家の下調べをすませた。

「数で襲うしかない」

屋敷の状況に笹助は苦い顔をした。

「密《ひそ》かに忍びこむのは無理でござる」

結果を笹助は藤川義右衛門へと報せた。

「……やるな」

水城家の対策を説明された藤川義右衛門が感嘆した。

「出てきたところを襲うというのは……無理か」

口にした案を藤川義右衛門が引っこめた。

「あの袖と入江が付いている……」

「さようでござる」

藤川義右衛門の言葉に笹助も首肯した。

「並の忍ならば、手裏剣が届くところまで近寄れますまい」

笹助が首を左右に振った。

「弓だと入江が斬り払うか。左右から同時に射かければ……」

「あの駕籠《かご》には通じませぬ」

もう一度笹助が否定した。

紅と紬の外出には駕籠が用いられるようになっていた。

「躬の娘と孫を歩かせるわけにはいくまい」

吉宗の気遣いで下賜された特別なものであった。

「鉄板入り……か」

藤川義右衛門が頰を引き攣《つ》らせた。

将軍が用意したものである。そのへんの町駕籠とはものが違った。

「どういたしましょう」

笹助が問うた。

「このまま退くのも業腹《ごうはら》であるしな。我らがあきらめていないと思い知らすべきだと思わぬか」

藤川義右衛門が笹助に同意を求めた。

「それはよろしいが、下手をすれば誰かを失いまする。もちろん、やれと言われるならば、拙者はしてのけまするが」

命が惜しいわけではないぞと言いながら、笹助がそれはどうだろうかと疑問を呈した。

「馬鹿を言うな。嫌がらせていどのことで、貴重な忍を遣い潰せるものか」

藤川義右衛門が強く首を横に振った。

「……では、どのように」

おまえをそんなことに遣うつもりはないと言った藤川義右衛門に、笹助が尋ねた。

「人を雇う」

「無頼《ぶらい》でございますか」

すでに闇で一定の勢力を藤川義右衛門は、持っている。金次第で人を殺す連中を用意するくらい容易《たやす》い。

「いいや、軽業師と鳶《とび》だ」

「軽業師と鳶……」

聞いた笹助が首をかしげた。

「身の軽い者を遣えば、忍だと勘違いしてくれるだろう」

にやりと藤川義右衛門が笑った。

「金に困っている連中ならいくらでもいる。賭場《とば》でも岡場所でも探さずともな」

軽業師は屋根の上まで跳んで見せたり、竹を支えなしに地面に立てたものを駆けあがったりして、集まった客から投げ銭をもらう。江戸は物見高い土地だけに、そこそこの技ができれば喰うに困らない。雨さえ降らなければ、今日の稼ぎを全部遣ってしまっても、明日には同じだけ稼げる。

鳶は高いところへ昇って仕事をする。こちらも雨さえ降らなければ、槌音《つちおと》の絶えない江戸で仕事にあぶれることはない。

こういった日銭稼ぎの連中は、後先を考えないことが多く、博奕を特に好む。賭場にいけばかならずといっていいほど、小柄な男が目の色を変えて賽《さい》子を睨んでいた。

「金に困っているのを五人くらい集めろ。そいつらを水城家へ突入させる」

「ああいった連中は、肚が据わっておりませぬ。とても女子供を殺すことなどできませせぬ」

刺客には向いていないと笹助が、藤川義右衛門に意見具申をした。

「そこまでは求めてはおらぬ。屋敷へ入りこんで暴れてくれればいい」

藤川義右衛門が述べた。

「ふむ、火付けをさせるのも一興か」

「火付け……」

笹助が驚いた。

「火付け盗賊改め方を呼ぶことになりませぬか」

「武士の屋敷は表門を開けぬ限り、火事として扱われぬ」

笹助の懸念に藤川義右衛門が問題ないと告げた。

「いえ、そうではございませぬ。雇った者どもが、火付けと聞いて怖《お》じ気《け》づかぬかと」

「ふむ」

言われた藤川義右衛門が思案に入った。

「それどころか、売りかねませぬ」

火付けや人殺しを訴人した者には、相応の褒賞金が支払われた。これはたとえ、火付けや人殺しの仲間であっても支払われる。それどころか、罪も問われなくなった。

「売られたところで、我らがどうこうなるわけではないが……町奉行所や火付け盗賊改め方にうろつかれるのは面倒だな」

藤川義右衛門が納得した。

五

水口から京までは一日の距離である。途中で足留めに遭ったとはいえ、聡四郎一行は日が暮れる前に三条《さんじょう》大橋に着いた。

「宿はどうなさる」

山路兵弥が問うた。

「どこがよい」

聡四郎が山路兵弥に尋ねた。

「京によい宿というのはございませんな」

あっさりと山路兵弥が否定した。

「どういう意味だ」

前にも聡四郎は京で泊まっている。それほど悪かったという印象はない。

「京は常連さんの町でございますので」

「常連……馴染み客が大切にされるのは当然であろう」

山路兵弥の発言に聡四郎が首をかしげた。

水城家の四男坊で家督を継げなかった聡四郎は、家芸の算盤ではなく剣術を学んだ。長兄はもとより、同じ勘定筋に養子に出た次兄、三兄も算盤が得意だったことへの反発だったのかもしれなかったが、聡四郎は毎日のように一放流《いっぽう》道場に通った。屋敷から下駒込《しもこまごめ》村の道場まで行き来を繰り返すと、道筋の商家の者とも顔なじみになる。

「一本おまけしておきましょう」

そうなると小腹の空きを宥《なだ》める団子を買い食いするのでも得をするようになった。家督を継いだ後も勘定吟味役として、市井の物価を調べるために城下を出歩くことが多く、聡四郎は旗本としては珍しく下情に通じていた。

「たしかにそうでございますが、京はいささかその気が強すぎまして……」

一瞬口ごもった山路兵弥があきらめたように続けた。

「江戸のお役人さまにお聞かせすることではございませんが、本当にいい宿というのは、看板も暖簾《のれん》も出しておりませぬ」

「それでは客が戸惑うだろう」

江戸でも店は少しでも目立つようにと看板を出す。それも両替屋ならば分銅《ふんどう》の形を取ったものだとか、暖簾に大きく店の名前を染め抜いたりして、周囲との区別をした。

「来て欲しい客だけでよいのでございますよ」

「客を選ぶというわけか。でも、看板も暖簾もなければ、新しい客は増えまい」

普通の民家を装った店に初めての客はこない。そんなことでは店がやっていけなくなる。

「初めての客は紹介で増えるのでございますよ」

「なるほど」

聡四郎は理解した。

「紹介の客ならば、金を払わずに逃げたりいたしませぬし、店のものを壊してもそちらに責任を押しつけられまする」

「それでは紹介をする者が馬鹿を見るだけではないか」

店だけが得をすると聡四郎が怪訝な顔をした。

「客には客の利があるからでございますよ。どこどこの店に客を紹介できたというだけで、京では信用になりますゆえ」

「そういうものか」

聡四郎はどうも納得できなかった。

「これが京という土地柄でございます」

山路兵弥が告げた。

「京という土地か……」

聡四郎が繰り返した。

「さようでございまする。京がどういう歴史を重ねてきたか、おわかりでございましょう」

「通り一遍だがな。歴史を紐解く暇はなかった」

確認した山路兵弥に聡四郎が応じた。

「京が都であったのは、平清盛《たいらのきよもり》が出てくるまで。そこからはずっと武家の支配を受けて参りました」

「鎌倉と室町《むろまち》だな」

「だけではございませぬ。織田と豊臣も朝廷を抑えこんでおりました」

「徳川もだろう」

旗本たる己に気を遣った山路兵弥に聡四郎が苦笑した。

「……まあ」

山路兵弥も微妙な表情をした。

「京にとって、外から来る者は圧制でしかないのでございまする。力があるゆえ頭を下げてはおりますが、そのじつは相手にしたくはない」

「ふむ。それが」

聡四郎が先を促した。

「今の京を作ったとお考えいただければ」

「……今の京を作った。看板のない宿」

「宿だけではございませぬ。あらゆる商いで、地元の者でなければわからぬ店はございまする」

考えた聡四郎に山路兵弥が加えた。

「よそ者に報せぬため……」

「…………」

聡四郎の答えを山路兵弥が無言で肯定した。

「本当によいものは、内々で片付ける。それが京でございまする」

「なるほどの。見えている風景は、京の真の姿ではない」

ようやく聡四郎は納得した。

「適当に宿を取るか。明日には京都所司代さまのもとへご挨拶に出向かねばならぬ。

あまり遠いと面倒だ」

「では、二条か三条、四条あたりで探しましょう」

猪太《いのた》が先に立った。

宿や休憩のための茶屋などを探すのは小者の仕事である。傘助と猪太が三条大橋から真っ直ぐ続く道沿いに宿の暖簾を探した。

「あったぞ、傘助」

猪太が声をあげた。

「空いているかどうかを確認せねばなるまい」

傘助が猪太のもとへと近づいた。

「番頭はおるか」

宿の暖簾を少し持ちあげて、傘助が呼びかけた。

「へい、おいでやす」

番頭が店の外まで出てきた。

「旗本水城家のものである。主一行で今夜の宿を取りたいが、問題ないか」

傘助が武家の奉公人らしい言葉遣いをした。

「これはこれは。お旗本さまでございまするか。畏れ多いことでございまする」

番頭が頭を下げた。

「いけるのか」

用件への答えはどうなっていると傘助が急かした。

「お二階のお部屋はすでに塞がっておりまして、一階の奥座敷になりますがよろしゅうございましょうか」

番頭が問うた。

宿では二階の突き当たりが最上になる。

「待て」

傘助が聡四郎のほうを見た。

「二階におるのは何者だ」

聡四郎ではなく大宮玄馬が質問した。

「大坂のお方で」

商人だと番頭が答えた。

「では、いかぬな。他を探そう」

武士の頭の上に商人がいるというのは、まずかった。これが薄禄の陪臣であればまだ許された。天下の大名のほとんどは大坂商人から金を借りている。なかには参勤交代で大坂を通るたびに商家へ駕籠を回し、挨拶をする大名もいるのだ。陪臣では、大坂商人相手に強くは出られないのがほとんどである。

しかし、天下の旗本となると、将軍の面目にもかかわってくるため、認められなかった。

「はっ」

大宮玄馬の指示で傘助と猪太が走った。

第三章　目付の意義

一

黒書院溜の出入り口だけを見張っていた野辺三十郎は、騒動が終わったことを知らなかった。

「……誰もおらぬ」

あまりに動きがないと黒書院溜まで行き、なかを確認したときはすでに昼に近く、大名たちへの謁見も終わっていた。

「窓が開いている……そこから出たなら、中庭だぞ」

野辺三十郎は蒼白になった。

「…………」

しばらく野辺三十郎が呆然とした。

「ことは終わっている……」

野辺三十郎が手遅れに気づいた。

「まずい。知っていてなにもしなかったとなれば、ただではすまない」

目付は城中の静穏を維持する者である。それが、騒動の芽に気づきながら摘まなかったとあれば重罪になる。

「……誰も見ていないな」

野辺三十郎が周囲を見回した。

「大広間に今更戻れぬ」

当番を抜けたことはまちがいなく気づかれている。当然、なぜだと詰問される。不審な者を追っていたと言えば許されるが、それを逃したとあれば意味がなくなった。

「腹でも壊すか」

野辺三十郎が手近な厠《かわや》へと向かった。

厳格な目付でも体調だけは別扱いした。極端な話だが、鯉口《こいぐち》三寸（約九センチ）切っただけで切腹を命じられる殿中で太刀を抜いて振り回しても、乱心と認められれば隠居はさせられるが、それ以上の咎めはなくなる。

当番に出られないほど体調が悪いとあれば、他の目付も文句は言わなかった。

「お目付さま、厠でございまするか」

御用部屋や黒書院、白書院など重要な場所の厠にはお城坊主が待機していた。老中や若年寄《わかどしより》、名門大名などは一人で便の後始末をしない者も多い。そういった名門大名や高級役人が厠で困らないように、お城坊主が補助をした。

「世話になった」

当然、そういった大名たちはお城坊主の手伝いへの礼を忘れない。節季《せっき》ごとに衣服や金を贈り、お城坊主の機嫌を取る。

厠担当のお城坊主は嫌な役目ではあるが、余得は多かった。

「腹が痛むのでな」

「お手伝いをいたしましょう」

「いや、よい」

野辺三十郎が腰をあげようとしたお城坊主を手で制し、厠へと入った。

「……さようで」

手伝わなければ心付けはもらえない。お城坊主が不満を隠して腰を落とした。

「千石ていどの目付は金にならぬ」

お城坊主が嫌そうに言った。


尾張徳川権中納言継友は稲生たちの失敗に気づいていた。

「殺し損ねたの、稲生」

継友は吉宗の姿を見て独りごちた。

「守りは厚かったか」

寵臣《ちょうしん》たちが決死の覚悟で吉宗に挑んだと、継友は確信していた。

「それにしても、静かであるな」

将軍へ刺客が迫ったとなれば、城中をあげて大騒ぎになる。それこそ、すべての大名、役人は登城停止になり、目付だけでなく新番、書院番が城中を監視する。しかし、城中はまったくいつもどおりであった。

「御休息の間に至る前に殲滅《せんめつ》されたか」

継友が推測した。

襲撃の計画は継友が立てたに等しい。竹の廊下から黒書院溜に至り、大広間での謁見が始まるのに合わせて突っこむ。

「中庭に隠し警固がいた……」

吉宗に危機が迫る前に片付けたとあれば、騒動になっていない理由もわかる。警固側としては、そこまで刺客に入られただけで責任問題になる。咎めを避けるには、なかったことにするのが、もっとも早い。

「まあ、余が巻きこまれなければ、それでよい」

継友はなにもなかった顔で下城していった。

「下城されたようでございまする」

加納近江守が継友の行動を吉宗に報告した。

「様子はどうであった」

「日ごろと変わらぬようであったと、中御門に詰めているお城坊主が申しておりました」

吉宗の問いに加納近江守が告げた。

「将軍たる気性は持ち得ているということだな。冷たく配下を見捨てられる。それでなければ天下の政はできぬ」

唇を吉宗がゆがめた。

「上様……」

苦い顔を加納近江守がした。

「お咎めをなさらぬとはわかっておりますが……このままお許しになられるのでございましょうや」

加納近江守が継友の処遇を尋ねた。

「許す……なにをだ」

吉宗が不思議そうに言った。

「…………」

その表情の暗さに加納近江守が黙った。

「尾張は残す。なにもなかったのだからな」

「……尾張権中納言さまは」

継友はどうすると加納近江守がおずおずと訊いた。

「躬はなにもせぬ、躬はの」

「上様がお咎めにならないとなれば……」

加納近江守が吉宗を見上げた。

「成瀬《なるせ》隼人正《はやとのしょう》を呼べ」

「尾張の付け家老でございますな」

吉宗の出した名前に加納近江守が応じた。

付け家老というのは、徳川御三家ができるとき、徳川家康が吾が子の独立を助けるために付けた譜代《ふだい》大名のことである。

尾張家には成瀬、竹腰《たけのこし》、紀州家に安藤《あんどう》、水野《みずの》、水戸家に中山《なかやま》と、皆、家康の信頼が厚かった者であった。いずれも一万石をこえる領地を与えられているが、参勤交代の義務はなかった。

「付け家老ならば、ここまで呼び寄せられよう」

吉宗が成瀬隼人正を御休息の間に呼べと述べた。

付け家老は陪臣であるが、直臣格として扱われ、代替わりのときには江戸で将軍家へ目通りを願えた。

「隼人正に今回のことを話せば、後はどうにかするであろう、さてと」

「……はい」

興味をなくしたとばかりに老中から回されてきた書付《かきつけ》に目を落とした吉宗に、加納近江守はうなずくしかなかった。

草場は野辺三十郎を探した。

「野辺は戻って来ておらぬか」

まず目付部屋へ戻った草場は、当番目付に問うた。

当番目付は一日目付部屋で待機している。誰がなにを調べているなどは知らないが、朝、目付部屋への出入りは記憶している。

「朝、見たきりじゃ。どうかしたのか」

当番目付が訊いた。

「大広間に出てこなんだ」

「それはまずいの」

草場の答えに当番目付が眉をひそめた。

「探してくるゆえ、野辺が帰ってきたら留め置いてくれ」

「承知した」

足留めを依頼した草場に当番目付がうなずいた。

「…………」

黒麻裃を身につけた目付が近づくと、大名や役人たちは避ける。別段、なにかつごうが悪いというわけではないのだろうが、目付に絡まれるのは嫌なのだ。

「これでは、野辺を見かけた者を探すのは難しいな」

目付と目を合わせる者はまずいない。見た目だけで逃げられるのだ。極端な話、野辺だ草場だなどはどうでもいい。目付は目付という認識しかもたれていなかった。

「見当も付けず、城中をうろついて野辺を見つけられるとは思えぬ」

草場が腕を組んでうなった。

「お目付さま、なにか御用でございましょうや」

立ち止まった草場に声をかける者がいた。

「お城坊主か……なんでもない」

顔を向けた草場が手を振って、お城坊主を遠ざけようとした。

「さようでございましたか。では、御免下さいませ。草場さま」

一礼したお城坊主が背を向けた。お城坊主は城中の雑用係であり、なにかしらの手伝いをすることで心付けを得、それで薄禄を補っていた。

「待て。そなた、今、儂の名前を呼んだな」

「はい。まちがっておりましたら、お詫びいたしまする。お目付の草場さまでございましょう」

止められたお城坊主が応じた。

「そなたは、我らの顔を見知っておるのか」

「はい。御用を承りましたとき、どなたさまに結果をお報せするかわからなければ困りますので」

驚きながら問うた草場にお城坊主が述べた。

「すべての目付がわかるのだな」

「はい」

「すべてのお城坊主も同じだな」

「全員がとはわかりかねますが、ほとんどの者はそうだと思いまする」

確認を重ねた草場にお城坊主が答えた。

「よし。これをくれてやる」

草場が前腰に差していた白扇を差し出した。

「なんなりとお申し付けくださいませ」

うれしそうに白扇を受け取ったお城坊主が頭《こうべ》を垂れた。

白扇は城中での金である。金を卑《いや》しいものとする大名や旗本が城中で手伝ってくれたお城坊主へ礼として渡し、後日、金と引き換えた。

「野辺三十郎を知っておるな」

「存じておりまする」

「探してこい」

草場が命じた。

「お目付部屋までお連れすれば……」

「いや……そうだの。ここにおる。この座敷は空いておろう」

「はい。今はどなたもお使いではございませぬ」

すぐ後ろの座敷を指さした草場にお城坊主がうなずいた。

「急げ」

「承知いたしましてございまする」

さっさと行けと指示した草場から、お城坊主が離れていった。

二

野辺三十郎は十二分と思えるだけの時間を厠で使った。

「座りすぎで腰が痛い。裃に匂いが付いた」

厠を出た野辺三十郎が小声で文句を言った。

「長《なご》うございましたが、大事ございませんか。お医師をお呼びいたしましょうや」

控えていたお城坊主が野辺三十郎を気遣った。

表御殿には役人や大名の怪我、急病に対応するための医師が常駐していた。

「構わぬ」

うるさそうに野辺三十郎がお城坊主を追い払った。

「そろそろよかろう」

野辺三十郎が目付部屋へ戻ろうと歩き出した。

「お目付の野辺さまでございましょうや」

別のお城坊主が廊下を歩いている野辺三十郎に近づいた。

「なんじゃ、お城坊主に用はないぞ」

野辺三十郎が手を振った。

「目付草場さまが、野辺さまをお呼びでございまする」

「草場が……拙者を」

「はい」

首をかしげた野辺三十郎にお城坊主が首肯した。

「何用じゃ」

「存じませぬ」

「目付部屋へ帰れと」

「いえ。少し離れました空き座敷でお待ちすると」

「空き座敷で……」

お城坊主の言葉に野辺三十郎が困惑した。

「なにか聞いておらぬか」

「いいえ」

探る野辺三十郎にお城坊主が首を左右に振った。

「これをやる」

野辺三十郎が白扇をお城坊主に渡した。

「かたじけなく」

遠慮なくお城坊主が受け取った。

「その上で訊く。なにか異常がなかったかの」

「……これはおいくらでお引き取りをくださいますか」

白扇をお城坊主が小さく振った。

「いつもどおりでは不足と申すか」

野辺三十郎の機嫌が悪くなった。

白扇は石高でだいたいの相場が決まっていた。大名ならば二分《ぶ》から一両、旗本で二朱《しゅ》から一分が普通とされていた。

「いえ。ただ、お話しする内容が少し……」

「目付に隠しごとをする気か」

職権で野辺三十郎がお城坊主を脅した。

「ただの噂でございますので、お目付さまのお耳に入れるほどのものではございませぬ」

慇懃《いんぎん》にお城坊主が拒んだ。

「むっ……」

百万石の前田《まえだ》家、御三家であろうが監察できる目付といえども、お城坊主は手出ししにくい相手であった。

士分でさえないお城坊主だが、その役目が雑用係ということもあり、いろいろなところに入りこめた。

その一つに老中の執務する御用部屋があった。

御用部屋には政にかかわる秘事があり、目付といえども足を踏み入れることはできなかった。そこに老中のお茶や筆記の用意をするお城坊主は出入りすることができるどころか常駐していた。

そう、お城坊主は老中とでも話ができた。どれほど目付の威勢が良かろうとも、老中を敵に回すことはできない。

「お目付の何々さまが……」

お城坊主から老中へ伝えられると、

「あまり厳しくしてやるな」

老中から目付が叱られる。老中にとって名前も知らぬ目付よりも、茶を淹《い》れてくれたり、暇つぶしの話に応じてくれるお城坊主のほうが、親しみを感じている。さすがにお城坊主の讒言《ざんげん》で目付を罷免《ひめん》することはないが、権力者に悪い意味で名前を覚えられるのは目付も役人であるかぎり、避けたいのは当然であった。

「二分だ」

普段の倍額を野辺三十郎が提示した。

「では、お願いをいたしまする」

お城坊主が白扇を開き、懐から出した矢立《やたて》を野辺三十郎へ突き出した。

「……わかった」

野辺三十郎が白扇に署名を入れ、金額を記した。

これは普段と違った金額を心付けとして渡すという証明であり、この白扇を野辺三十郎の屋敷へ持ちこめば、二分と引き換えてもらえた。

「ありがとうございまする」

墨が乾くのを待って、お城坊主が大事そうに白扇を懐へ仕舞った。

「それでいいのだろう。話せ」

野辺三十郎が急かした。

「なにがあったかまではわかりませぬが、御休息の間に表御番医師さまが呼ばれましてございまする」

「表御番医師……奥医師ではないのだな」

「奥医師さまではございませんでした」

まちがいないかと念を押した野辺三十郎にお城坊主が首を縦に振った。

「ということは、上様はご無事……」

「なにを言われまするか。上様に万一あれば、城内がこれほど静かであるはずございますまい」

お城坊主があきれた。

「ふん。言うではないか。では、なぜ表御番医師が御休息の間に」

野辺三十郎がお城坊主の態度に鼻を鳴らした。

「どうやらお小姓さまが亡くなられたようでございまする」

「なんだとっ」

聞いた野辺三十郎が絶句した。

「見たのか」

「愚昧《ぐまい》が直接見たのではございませぬ。同僚がお怪我をなされたお小姓を戸板にてお屋敷までお運びしたのでございますが……一言もお声を発せられず、動かれもしなかったとか」

お城坊主同士の交流は強い。情報が金になると知っているだけに、お城坊主たちは孤立を避ける。一人でできることなど知れており、己が手に入れた話だけでは、すぐに底を尽いてしまう。

「運ばれたのは一人だけか」

「二人でございました」

「そうか。それ以上は」

「これでお代の通りでございまする」

ここから先は別料金だとお城坊主が首を左右に振った。

「…………」

野辺三十郎がお城坊主を睨んだ。

「まだあるのだな」

「はて……」

お城坊主がとぼけた。

「それよりもお早くお行きくださいませ。草場さまがお待ちでございまする」

「草場は、それを知っているのか」

呼びに来たことを思いだしたお城坊主に野辺三十郎が問うた。

「では、お伝えいたしました」

それに答えず、お城坊主が離れていった。

「ちっ、坊主ごときが」

野辺三十郎が吐き捨てた。

「……しかし、草場が呼んでいる。それも目付部屋ではなく、他人目のない座敷で待つなど……」

難しい顔で野辺三十郎が思案に入った。

「もし、草場が今回のことを知っていたとしたら……いや、それはない。知っていたならば、草場のことだ。十全《じゅうぜん》の準備を整えたはず」

早期から草場が襲撃を知っていたならば、と考えた野辺三十郎がすぐに否定した。

「となれば一つしかない」

野辺三十郎が難しい顔で腕を組んだ。

「騒動の後始末を草場が請け負った」

騒ぎが起こっていない。野辺三十郎は、これでことは隠されると悟った。だが、他人《ひと》の口に戸は立てられない。いかに将軍の命であろうとも、見ていた者は真相を漏らす。

「ことが隠しきれなくなったとき、騒動をつごうのよい形で世間に公表する。それには、見ていた者どもを脅しつけ、さらに噂を耳にする者どもを威嚇《いかく》できる目付の協力が不可避になる」

野辺三十郎が推測をした。

「しくじったな。その役、この吾がしたかった」

目付が役に立つというのを見せつけるため、わざと刺客たちの行動を見逃していたのだ。いざ襲撃というときに刺客たちを告発し、目付があってこそ城中の安寧《あんねい》は保たれていると吉宗に思い知らせる計画を野辺三十郎は立てていた。

あいにく、一人しかいないため、その策は尾張藩士の見張りが不十分となり、窓からの出撃に気づかなかったという笑い話のような失敗で終わってしまっている。

「おそらく草場は、上様からの指図を受けていると考えられる」

ことは起こった。こぼれた水は二度と盆に戻せない。しかし、こぼれた水を拭き取ることはできる。吉宗が後始末に出たのは当然であった。

「問題は、吾の処遇だ。草場が一人ではこなせぬと考えて、人手として吾を誘おうとしているならばいいが……」

呟きながら野辺三十郎が唇を噛んだ。

「吾をかかわりと見ていたらまずい」

野辺三十郎の唇が噛み切られ、血が垂れた。

「だが、逃げ出せぬ」

旗本の心には家という概念が染みついている。ましてや、旗本のなかの旗本と言われている目付である。その目付が罪を怖れて逃げ出すことはできなかった。

逃げ出せば、己の命は長らえても野辺の家は潰され、家族は連座になる。妻と娘は女だけに命まで奪われまいが、息子は切腹になる。

「まだ十郎左《じゅうろうざ》は十歳。死なせるのは哀れである」

野辺三十郎がため息を吐いた。

「考えろ。道はかならずある」

己に言い聞かせるように独りごちて、野辺三十郎が草場のもとへと歩み始めた。

目付は畏れられるものである。目付に呼び出されて待たせるようなまねは、老中でもしない。

「遅い」

草場は野辺三十郎の対応に不満を感じていた。

「……おるか」

いい加減焦《じ》れてきたころ、ようやく座敷の襖が少しだけ開いて、野辺三十郎の顔が見えた。

「さっさと入って来い」

草場が荒い口調で野辺三十郎を招き入れた。

「…………」

無言で座敷に入った野辺三十郎が後ろ手で襖を閉めた。

「むっ」

礼儀としてはなっていない態度に、一瞬草場が眉をひそめた。

「こんなところに呼び出して、何の用だ」

立ったままで野辺三十郎が訊いた。

目付はその役職上、同僚の間に上下はない。当番目付はただの連絡係でしかなく、先達は長く役目をしているというだけで、なんの意味もない。

「座れ、野辺」

草場は座っている。野辺三十郎が立ったままだと、逃げだそうとしたときに抑えこみにくくなる。草場が促した。

「忙しい。さっさと話せ」

野辺三十郎が草場の指図を拒んだ。

「……いたしかたなし」

草場があきらめた。

「御休息の間でなにがあったか、気づいておろう」

「なんのことだ」

草場の指摘を野辺三十郎がとぼけた。

「そうか。知らないのだな」

「ああ。なにかあったのか」

念を押した草場に野辺三十郎が首をかしげた。

「ならばいい。用はそれだけだ」

草場が腰をあげた。

「待て。わざわざ呼び出して、それだけでは納得できぬぞ」

野辺三十郎が座敷から出ていこうとする草場を制した。

「終わったのだ、そなたは」

草場が野辺三十郎を氷のような目で見た。

「な、なんだ」

野辺三十郎が驚いた。

「上様はお気づきであったぞ」

「……そ、そんな」

告げた草場に野辺三十郎がおののいた。

「刺客どもが中庭へ侵入するのを見逃したであろう」

「ば、馬鹿を言うな。城中の静穏を守る目付がそのようなまねをするわけなかろう」

「では、どこにいた。そなたは本日、大広間番であっただろうが」

「それは……恥ずかしいことだが、腹を壊しておってな。ずっと厠におったのだ」

詰問された野辺三十郎が答えた。

「ほう、病であったか」

「そうじゃ。お役目を果たせなかったのは申しひらきもできぬが、刺客がことを知っていたわけではない」

「どこの厠だ」

「黒書院側の厠じゃ」

確認されて野辺三十郎が告げた。

「わかった。しばし待とう。おい」

草場が手を叩いた。

「お呼びでございまするか」

先ほどのお城坊主が襖を開けた。

「黒書院側の厠番に野辺三十郎のことを確かめて参れ」

「承知いたしましてございまする」

お城坊主が小走りに去っていった。

城中に危急を報せる役目もお城坊主が担っている。そのためにお城坊主は城中を走ることを許されていた。

「……草場、御休息の間でなにがあった」

野辺三十郎が尋ねた。

「言えぬ」

草場がにべもなく拒んだ。

「なぜだ。吾も目付ぞ。城中であったことをすべて知っておかなければならぬ」

建前を野辺三十郎が盾にした。

「上様のお指図だ」

「……上様の」

理由を答えた草場に野辺三十郎が詰まった。

「小姓が死んだと聞いたが」

「…………」

「狼藉者が出たとか」

「…………」

野辺三十郎の質問に草場は沈黙を続けた。

「草場さま」

座敷の襖外からお城坊主の声がした。

「開けてよいぞ」

「御免を」

草場の許可を受けたお城坊主が開けた。

「いかがであった」

「たしかに野辺さまが厠にこもられていたそうでございまする」

報告を求めた草場にお城坊主が答えた。

「であろう」

安堵《あんど》のため息を野辺三十郎が漏らした。

「草場さま……」

「……なんだ」

声を潜めたお城坊主に草場が顔を寄せた。

「騒動が終わってからだとか」

お城坊主が囁《ささや》いた。

「ご苦労であった。屋敷の者に申しておく。白扇に色を付けておくようにとな」

「お心遣いありがとう存じまする」

褒賞を約した草場にお城坊主が感謝した。

「なにを話した」

野辺三十郎がお城坊主に質《ただ》した。

「では、これにて」

それには反応せず、お城坊主が出ていった。

「待て」

草場に訊いても答えは返ってこないとわかっている。野辺三十郎が密談の内容を知ろうとお城坊主を追いかけようとした。

「上様にご報告するか」

野辺三十郎を止めようともせず、草場が独《ひと》り言《ご》ちた。

「いや、拙者が直接上様にお話しする」

伝えておくと言った草場に野辺三十郎が要望した。

「勝手にするがよい」

草場が酷薄な笑いを浮かべ、野辺三十郎を置いて座敷を出た。

「まずい……どうしてばれた」

野辺三十郎が草場の態度で気づいた。

「さきほどのお城坊主か……」

すぐに野辺三十郎が思いあたった。

「厠番のお城坊主を口止めしておくべきだった」

臍《ほぞ》を噛んでも後の祭りであった。

「どうにかして、上様のご機嫌を伺わねば……」

野辺三十郎が額に流れた冷や汗を拭《ぬぐ》った。

三

大奥は隔絶されている。たしかに人の出入りには大きな制限を強いているが、情報はそうではなかった。

「公方《くぼう》さまが襲われた」

竹姫《たけひめ》が絶句した。

「で、公方さまはご無事なのでございますか」

蒼白になった竹姫が問うた。

「大事ないとのことでございまする」

答えたのは竹姫の局《つぼね》へ袖の代わりにと配された御庭之者《おにわのもの》の娘であった。

「……そう」

腰を浮かせた竹姫が敷きものの上へ落ちるようにして座り直した。

「お怪我もないのじゃな」

「はい。公方さまから、他から聞こえるよりも躬より報せるべきだとのお気遣いがございました」

御庭之者の娘より竹姫へこの報せをもたらせと命じたのが吉宗だ、との説明があった。

「公方さま……」

気遣いを感じた竹姫が感激した。

「しかし、お城のなかにまで質《たち》の悪い者どもが入りこむとは」

あらためて竹姫が顔をしかめた。

「それにつきましては、わたくしどもが至りませず、お詫びのしようもございませぬ」

御庭之者の娘が頭を垂れた。

「責めているのではない。相手がそれだけ狡猾《こうかつ》であったのだろう」

竹姫が首を左右に振った。

「鹿野《かの》、公方さまにお見舞いの書状を出します。硯《すずり》と筆の用意を」

「姫さま、公方さまへのお便りはご遠慮願わねば……」

鹿野が難しい顔をした。

吉宗の継室まであと一歩というところで、竹姫の想いは朝廷によって潰された。五代将軍綱吉の養女となっていたことが、竹姫の足を引っ張ったのだ。

「綱吉の娘である竹姫は、綱吉の曾孫にあたる吉宗にとって大叔母にあたる。いかに義理とはいえ、目上を妻に娶《めと》るなど高位のものとしてふさわしくない」

まさに建前ではあったが、礼儀礼法の固まりである朝廷や幕府では大義名分がなによりも強い。

結果、吉宗は竹姫をあきらめた。

「書状は女坊主などに託しませぬ。直接届けてもらうゆえ」

竹姫が御庭之者の娘を見た。

「お任せをくださいませ」

御庭之者の娘が引き受けた。

竹姫の書状は、御庭之者の娘から村垣源左衛門へと渡り、吉宗のもとへと届いた。

「……竹の気遣いが身に染みる」

書状を読んだ吉宗が喜んだ。

「今一度、この腕《かいな》に抱きたいものよ」

吉宗が書状をていねいに畳んだ。

夫婦となることができなかった二人だが、逢瀬《おうせ》はただ一度だけ交わしていた。竹姫の初潮が終わった一夜、吉宗はその局を訪ね、二人きりで一刻あまりを過ごした。

それ以降、吉宗は大奥へも通わず、中奥で寝泊まりしていた。

「平穏を守ってやるしかできなかった女の心に波風を立てさせた。この報いは重いぞ、権中納言」

吉宗が低い声を出した。

「近江」

呼ばれた加納近江守が両手を突いた。

「なにか」

「水城のもとへ連絡をいたせ。急がぬゆえ、帰りにでも尾張を引っかき回してこいとなﾞ」

吉宗が加納近江守に命じた。

「一度、名古屋《なごや》で騒動を起こし、成瀬隼人正から討手を出されておりますが……」

「ふん、そんな偶然の産物ではないわ。意図しての嫌がらせじゃ」

加納近江守の忠告に吉宗が鼻先で笑った。

「意図しての嫌がらせでございまするか……それを水城にさせようと。無理だと思いまする」

はっきりと加納近江守が首を横に振った。

「水城にそのような腹芸は……」

「わかっておるわ。そんなもの水城にできるかどうかなどな。ただ、躬の言葉に水城は実直である。かならずや尾張でなにかしらしでかすであろう。それが尾張への牽制《けんせい》、いや圧力になる」

無理だと述べる加納近江守に吉宗が応じた。

「実害などなくてよいのだ。ただ、躬の手の者が尾張に入った。これだけで尾張は緊張する。どのようなことを調べられたのかとな」

御三家とはいえ、尾張も一大名でしかない。幕法に照らし合わせて不都合があれば、咎めを受けることになった。

「権中納言への圧迫じゃ、これもな。よくも竹を悲しませてくれた」

吉宗が口の端をゆがめた。

「上様、目付の草場大炊介が……」

まだ怯《おび》えの残る様子で小姓が口を挟んだ。

「通せ」

即座に吉宗が目通りを許した。

「どうであった」

「まちがいないかと。野辺三十郎が……」

調べてきた経緯を草場が述べた。

「今朝の中御門玄関番のお城坊主にも確認をいたしております る。朝から中御門出入りを見張っていた野辺が尾張権中納言さまがご登城なされた後、いなくなったそうでございまする」

「ことが終わるまで気づかず、知ってからあわてて厠にいたという言いわけを作るような浅い輩が、尾張の策に気づいたか」

あきれとも感心ともつかない表情を吉宗が浮かべた。

「わかった。大儀である。下がってよいぞ」

吉宗が草場をねぎらい、退出を認めた。

「上様……」

加納近江守が険しい顔をした。

「辛抱せい。躬が襲われると気づいていながら、機をはかり見過ごしたことは許しがたい。が、それを言い立てて咎めてはの」

吉宗が怒る加納近江守を宥めた。

「ですが……」

「野辺だけの罪にする気はない」

まだ喰い下がろうとする加納近江守に吉宗が宣告した。

「では、目付全体の罪に」

「躬の思うように動かす材料になろう」

驚いた加納近江守に吉宗がほくそ笑んだ。

「上様……今度は目付野辺三十郎が……」

「追い返せ。目通り叶わぬとな」

ふたたび割りこんできた小姓に吉宗が厳しく言った。

「はっ、そ、そのように」

その威に押された小姓があわてて応じた。

「近江、任せる」

小姓だけでは荷が重いと吉宗が加納近江守に声をかけた。

「承知いたしました」

加納近江守が小姓の後を追った。

「なにをっ。目付にはいつでも上様のお目通りを願う権があるのだぞ」

小姓に目通りの許可が出なかったことを聞かされた野辺三十郎が憤った。

「なれど、上様が会わぬと仰せなのだ」

将軍最後の盾としての矜持を持つ小姓とはいえ、目付との相性は悪かった。小姓でも目付に睨まれれば、たちまち解任の憂き目に遭う。

「ええい、話にならぬ。どけ」

野辺三十郎が小姓を払いのけようとした。

「押しての目通りはならぬ」

そこへ加納近江守が現れた。

「近江守どのか。押してではない。目付としての正式な要望である」

「上様は会わぬと断じられた。家臣として従うべきではないか」

役目で抗弁する野辺三十郎に加納近江守は主従を持ち出した。

「……目付は幕府の監察。役目柄、将軍への直訴が認められている。これは神君家康さまがお決めになられたことであるぞ」

「神君さまの御諚《ごじょう》……」

家康の名前を出されては、加納近江守も戸惑うしかなかった。

「わかったならば、通してもらおう」

野辺三十郎が加納近江守の横を通り抜けようとした。

「……よいのだな」

加納近江守が野辺三十郎を見ずに言った。

「なにが」

野辺三十郎が足を止めた。

「目付の権を行使するのはよい。だが、上様のお怒りを買うのは確かだ。上様がなにもご存じないと思うのはまちがいぞ」

「…………」

加納近江守の言葉に野辺三十郎が黙った。

「神君家康さまのお定めに上様は従われぬと」

「無礼を申すな。上様は心の底から大権現《だいごんげん》さまを敬愛なさっておられる」

不遜《ふそん》なことを口にした野辺三十郎に加納近江守が反論した。

「ならば、お目通りをしてもよろしいな」

「……一応止めたぞ。後で文句を申すなよ」

念を押した野辺三十郎に加納近江守が押し返した。

「なにを」

鼻で笑って野辺三十郎が御休息の間に足を踏み入れた。

「上様……」

野辺三十郎が御休息の間下段に平伏し、吉宗に話しかけようとした。

「そなたの職を解く」

吉宗が野辺三十郎を遮って宣した。

「えっ……」

「押しての推参は許されぬ。この者を放り出せ」

啞然とする野辺三十郎を吉宗が指さした。

「はっ。連れていけ」

野辺三十郎の後ろに座していた加納近江守が小姓たちを指揮した。

「なにをっ。放せ。目付への無礼は許されぬぞ」

両手を摑まれた野辺三十郎が小姓たちに怒鳴った。

「そなたは目付を辞めさせられた。今は無役の旗本でしかない」

加納近江守が野辺三十郎に告げた。

「そんな無体が通るとでも……」

「上様のご決定である」

「たとえ上様でも、目付……」

「それ以上申せば、野辺の名前は旗本から消えるぞ」

反論する野辺三十郎に加納近江守が冷たく応じた。

「えっ……なぜ」

「上様でも目付を解任できぬなどと口にしてみろ。目付は上様より上だと言ったことになる。それがなにを意味するかくらいはわかるだろう。家臣が主君の上に来るのは」

「……下《げ》克上《こくじょう》」

加納近江守に確認された野辺三十郎が気づいた。

「野辺の一族が根絶やしになるぞ」

「…………」

野辺三十郎が肩を落とした。

「立て」

加納近江守が促した。

「お、お待ちくだされ」

強気を消した野辺三十郎が加納近江守にすがるような顔をした。

「上様にお取りなしを。わたくしは上様を襲った者どもが誰なのかを存じておりまする。なにとぞ、わたくしを目付に戻していただき、この件をお預けくださいませ。きっと見つけ出し、咎めて見せまする」

「ならぬ」

野辺三十郎が加納近江守に吉宗の怒りを解いてくれと願った。

「そんな……」

加納近江守が一言で拒んだ。

「さきほど止めただろう。それを無視したのはお前だ。忠告を聞かぬ者のために汗を掻く気はない」

険しい口調で加納近江守が続けた。

「なにより上様のご勘気《かんき》を蒙《こうむ》った者をかばうわけなかろう。余は御側御用取次じゃ、上様第一の臣である。連れていけ。新番に狼藉者として引き渡せ」

加納近江守が小姓たちに手を振った。

四

三条付近では空いている旅籠《はたご》がなく、聡四郎たちは二条の北、竹屋町《たけやまち》通と釜座《かまんざ》通の角近くにまで足を延ばした。

「ようやくか」

空いているという報告をした猪太に、聡四郎は安堵のため息を吐いた。

「本陣や脇本陣ならば楽なのだがな」

京には本陣も脇本陣もなかった。これは、京に大名が足繁く通い、朝廷と独自の繋がりを持つことを幕府が嫌ったからであった。

本陣や脇本陣は、旅籠と違って身分や格式を重視する。たとえ商人が先に入っていようが、後から大名や旗本などの来訪を受ければ譲らせるのだ。もちろん、後々のことがあるゆえしっかりと別の旅籠などを紹介するが、武家を優先してくれる。だが、普通の旅籠ではそうはいかなかった。そもそも武士は参勤交代を別としてあまり旅をしない。旅籠としては、滅多にこない武士よりも商人や参詣旅をする町人のほうが大切なのだ。

「そなたまでよいのか」

結局、菜も京まで付いてきていた。

「お邪魔でなければお供をさせていただきたく」

菜が聡四郎へ願った。

「連れていってもらえませぬか」

山路兵弥も頭を下げた。

「……………」

じっと聡四郎が二人を見つめた。

「郷を出るつもりだと」

両手を突きながら見返してくる二人に、聡四郎が確認した。

「はい。郷が食べていけるようになるまで、当分かかりましょう」

菜がうなずいた。

頭領が抜け、掟も崩れた伊賀の郷に余力はなかった。自らで食べていける手段がある者は、残された老人や子供たちのために郷を去るのがなによりの孝行であった。

「玄馬、よいか」

聡四郎が家士の大宮玄馬に問うた。

「殿がよろしければ」

大宮玄馬が聡四郎にことを預けた。

「江戸で働く気はあるか」

「身を粉《こ》にして仕えまする」

問うた聡四郎に菜が強く首を縦に振った。

「女中としてお雇いになってくださいますか」

山路兵弥が喜色《きしょく》を浮かべた。

「吾が家ではない。大奥へあがってもらう」

「大奥……」

「な、なんと……」

聡四郎の言葉に菜と山路兵弥が絶句した。

「竹姫さまのもとへ」

大宮玄馬も驚いた。

「いや、大奥の御末《おすえ》としてだ」

部屋付きではなく、大奥全体の雑用をこなす女中としてだと聡四郎が首を横に振った。

「袖が下がった後の竹姫さまには御庭之者の娘がついておる。姫さまの安全は上様が保証なさろう。だがな、大奥は男ではどうしようもないところだ」

つい先日まで大奥を差配する御広敷用人《おひろしきようにん》を務めていた聡四郎である。大奥の恐ろしさをよく知っていた。

「竹姫さまを直接警固するだけならば、御庭之者の娘だけで足りよう。他の奥女中どもに御庭之者の娘を排除できるだけの刺客を雇い入れることはできまい。とはいえ、いろいろな圧力や嫌らしいまねはいくらでもできる。竹姫さまがお買い求めになられた食材を古いものに入れ替えたり、手配された衣類を汚したりとかの嫌がらせはできる」

「……不快な」

聡四郎の話に大宮玄馬が頰をゆがめた。

「ご継室とはなられなかったが、今後も上様は竹姫さまへお気遣いをなさろう。それをよく思わぬ大奥女中は、かならずいる。そこまでを御庭之者の娘に任せるのは酷だ」

御庭之者は吉宗が紀州から連れて来た腹心であり、絶対の信頼がおかれている。しかしながら、数があまりにも少なすぎた。

「それをわたくしに探れと」

「うむ。やってくれるな」

確かめる菜に聡四郎がうなずいた。

「……わかりましてございまする。一命を賭して働きまする」

菜が首を縦に振った。

「では、江戸へ菜を先に帰しまするや」

大宮玄馬が訊いた。

水城家には菜の姉の袖がいる。委細《いさい》は袖に手配させればいい。

「できればそうしたいのだが、道中の安全がな」

聡四郎が菜を見て、腕を組んだ。

「女の一人旅を懸念されておられるならば、問題はございませんぞ。歳若いぶん、袖には及びませせぬが、菜もなかなかの遣い手。雲助《くもすけ》ならば五人や六人、相手にもなりませせぬ」

山路兵弥が菜の腕を保証した。

「同じ忍相手ではどうだ」

「それはっ……」

「なにをお考えか」

聡四郎の質問に菜が息を呑み、山路兵弥が驚愕した。

「今回の巡察でな、藤川に与《くみ》した郷忍らしき者に襲われておる。玄馬の活躍で退けられたとはいえ、あれで終わりとは思えぬ」

「そんなことがござったとは。むう」

山路兵弥が唸《うな》った。

「菜はこれだけの美形じゃ。郷忍の者どもに顔を知られておろう。うかつに江戸へ近づいたら、相手に見つけられてしまおう。そうなったとき、一人でどうにかできるのか」

「無理でございまする」

聡四郎の懸念を菜が認めた。

「一対一で逃げるだけならば、どうにかできましょうが……それ以上だと」

菜が勝てないと述べた。

「かといって巡察が終わるまで同行させては、無駄なときを費やしてしまう。この今でも姫さまに悪意を向ける者はおる」

聡四郎も苦慮した。

「儂が一緒に江戸まで参りましょう」

山路兵弥が提案した。

「老いたとはいえ、菜の手伝いがあれば郷を抜けるような肚なしどもには負けませぬぞ」

堂々と山路兵弥が胸を張った。

「そうだな」

聡四郎が納得した。

「となれば、身分を明らかにするものが要るな」

新居《あらい》、箱根《はこね》の関所をこえるのには道中手形が要った。鳥追いなどの芸人だと、その場で三味線を弾いてみせるなどで通過できるが、そうでなければ手形なしではなかなかに難しい。

「山路は武士の姿をすればいいが、菜が困る」

武士は関所で行き先と目的を告げれば通れるが、同行している女はやはり手形が求められた。

「関所ならば、抜けられまする」

菜が関所破りをすると言った。

「ならぬ。上様の大奥にこれから仕えようという者が、関所破りという大罪を犯してどうする」

聡四郎が却下した。

関所破りは大罪であり、捕まれば磔《はりつけ》獄門《ごくもん》と決まっていた。

「吾が同行できればよいのだが……」

旗本である聡四郎が「家人である」と証明すれば、関所は通れた。もちろん箱根の関所では出女《でおんな》になる京への上りはこれだけで認められないが、江戸へ向かう下りならば問題なかった。

「まだ御役途中であるゆえ、江戸へ戻るわけにはいかぬ」

「では、どういたせば……」

首を左右に振った聡四郎に菜が困惑した。

「京都所司代どのに頼めば……どうせ、明日には挨拶に出向かねばならぬ」

聡四郎が口にした。

旗本にかかわる道中手形は江戸の留守居《るすい》と京都所司代、大坂城代、そして遠国奉行が取り扱っていた。京都所司代と遠国奉行がその役目を持っているのは、遠国赴任で遠国へ出た旗本が任地で妾を囲ったり、現地で使用人を雇用し、江戸へ連れ帰ることがあるからであった。

「お手数をおかけいたしまする」

新たに手配をするとした聡四郎に菜が礼を述べた。

「とりあえず、今日は休もう」

聡四郎が委細は明日だと話を終わらせた。

京都所司代は二条城の真北にあった。もともとの所司代だけでは狭かったのか、猪熊《いのくま》通に分断されながらも東堀川《ひがしほりかわ》通から日暮《ひぐらし》通まで、六つの通りぶんの広大な敷地を誇っていた。

「京都所司代、松平《まつだいら》伊賀守さまにお目通りを願いたい。拙者、道中奉行副役《そえやく》水城聡四郎でござる」

翌朝、四つ（午前十時ごろ）になるのを待って、聡四郎は京都所司代を訪れた。

「しばし、お待ちを」

京都所司代の門前を警固している同心が、なかへの取次をおこなった。

「どうぞ、伊賀守さまがお会いになりまする。供はあちらで待て」

同心でも直臣であり、陪臣の大宮玄馬よりは格が上になる。同心が聡四郎と大宮玄馬で口調を変えたのは当然であった。

「殿」

「うむ」

同心の指示に従ってよいのかと伺いを立てた大宮玄馬に聡四郎はうなずいた。

「これを」

聡四郎は大宮玄馬に太刀を渡した。どうせ、松平伊賀守に会うときには外して、部屋の隅に置くか、小姓などに預けることになる。下手な扱いをされては、太刀が傷む。それこそ、鞘を少しゆがめられただけで、神速の抜き撃ちはできなくなるのだ。

「お預かりを」

太刀を捧げ持った大宮玄馬が一礼した。

遠国へ役目で出向いた役人は、その地を任されている役人に挨拶をするのが慣例であった。

「お初にお目にかかりまする。道中奉行副役、水城聡四郎でございまする」

奥の書院、下段中央で聡四郎が名乗った。

「京都所司代、松平伊賀守忠周《ただちか》である」

上段で松平伊賀守が応じた。

「そなたが水城か」

松平伊賀守が興味深そうに聡四郎を見た。

「わたくしがなにか」

「上様の娘婿だそうだの。大変であろう」

「…………」

憮然《ぶぜん》とする聡四郎に松平伊賀守が笑った。

「上様は人使いが荒いでの。かくいう余も、上様にこき使われておる」

松平伊賀守が小さくため息を吐いた。

「伊賀守さまも……」

「余はの、一度干されておる。六代将軍家宣さまに嫌われてな」

「家宣さまにでございますか」

松平伊賀守の言葉に聡四郎は驚いた。

聡四郎は六代将軍家宣のとき、その側近新井白石によって見いだされ、勘定吟味役となった。

「家宣さまは名君であらせられる」

新井白石はいつも聡四郎にそう言い続けてきた。

聡四郎にとって家宣は直接会ったこともないが、いい印象しかなかった。

「余はの、五代将軍綱吉さまの引きで詰衆《つめしゅう》からお引き立ていただいたのよ」

詰衆は家督を継いだばかりの譜代大名が任じられる初役であった。その名のとおり江戸城へ詰め、将軍からの呼びだしを待つ。将軍の警固でもあり、将軍の無聊《ぶりょう》を慰めるお伽衆《とぎしゅう》でもある。だが、どちらも番士や小姓と重なるため、ほとんど名ばかりのものとなっている。

「どこをお気に召してくださったのかは知らぬが、詰衆からいきなり若年寄へお取り立ていただき、一年ならずして側用人《そばようにん》となった」

側用人は五代将軍綱吉が正式に設けたもので、将軍の意向を御用部屋へと伝える役目であった。もとは近習《きんじゅう》筆頭がこれをなしていたが、大老堀田筑前守の刃傷を受けて将軍居間が御用部屋から離れたことにより設立され、初代として牧野備後守《まきのびんごのかみ》成貞《なりさだ》が任じられた。松平伊賀守はその次であった。

「側用人は上様の側近第一等である。柳沢美濃守《やなぎさわみののかみ》どののご出世を見てもわかろう」

松平伊賀守が懐かしむような目をした。

柳沢美濃守は綱吉の小納戸という低い身分から、寵愛をもって引きあげられ、老中格にまで昇っている。

「もっとも、余は一度側用人を辞めて奥詰《おくづめ》になったがな」

奥詰は将軍の政務相談役のようなものである。隔日に登城し、御休息の間に詰め、綱吉の諮問《しもん》に応じる。一応、政務に口出しできない側用人よりも出世に見えるが連日勤務でないところからもわかるように、将軍側近としての格は落ちた。

「十四年後、ふたたび側用人に任じられたときは、これで出世できると喜んだものよ」

将軍親政をおこなう綱吉の奥詰など、なにもすることはない。まさに閑職であった。形としては格落ちになろうとも、もう一度側用人に戻れた松平伊賀守は幸運といえた。

「だが、綱吉さまがお亡くなりになられた。とたんに、罷免されたわ。前年に綱吉さまが吾が屋敷まで御成くださったのが足を引っ張った」

将軍御成は、臣下最高の栄誉である。御成先で将軍は飲み食いをする。場合によっては差し出された女を閨《ねや》に招く。飲食、閨ごと、どちらも命を預ける行為になる。食べものに毒を盛られ、刺客を閨に侍《はべ》らせられれば、防ぐのがかなり困難になる。つまり、御成は絶対の信用を置いているという証《あかし》であった。

先君の寵愛、これほど当代の将軍にとってうるさいものはなかった。それがかの生類憐《しょうるいあわ》れみの令という悪法を天下に布《し》いた綱吉となれば、より強くなる。

「幕政を立て直す前に、綱吉の後始末をせねばならぬ」

跡継ぎのいなかった綱吉の次となった家宣は、まず、先代の治世の否定から入らなければならなかった。

そして、そのなかでもっとも早急に対処しなければならなかったのが、綱吉の影響を受けただろう役人の排除であった。

家宣にしてみれば、綱吉の寵臣は悪政の手助けをした者でしかない。

結果、松平伊賀守は側用人を外され、無役となった。

「もう二度と世に出ることはなかろう。綱吉さまのおかげで一万石の加増をいただいた。その加増を大事に藩政をおこなおうとあきらめていたところに、今の上様がお声をかけてくださったのだ」

松平伊賀守が目を閉じた。

「黒書院に呼び出された余に、上様はいきなり、京都所司代をやれと仰せになられた」

その光景を脳裏に浮かべているかのように、松平伊賀守が穏やかな口調で言った。

「いきなり京都所司代は荷が重いとご遠慮申しあげたら……さすがに、老中抜擢《ばってき》は反発が多い。しばらく京都で過ごし勘を取り戻せ……しがらみのない者でなければ思いきった改革はできぬからなと」

松平伊賀守が目を開いた。

「上様は、まさに名君であられる」

前政権から干されていた者にしがらみはなかった。寵臣であったときに寄ってきた者は落魄《おちぶ》れたときに散っている。人は掌《てのひら》を返した者のことを忘れはしない。老中になった松平伊賀守にその手の輩が近づいても、相手にはされない。

幕政を思いきって変えたい吉宗にとって、利権から遠い松平伊賀守こそつごうのいい者であった。

なかった。

「はい」

吉宗の人使いの荒さはさておいて、名君だということに聡四郎は異論を持ってい

なかった。

「大変な舅《しゅうと》どのだの」

松平伊賀守が同志だと聡四郎を慰めた。

「いえ、舅などと畏れ多い」

聡四郎が首を横に振った。

「ふふふ。真面目だの、水城は。そこを上様に見こまれたのだろうが……」

笑っていた松平伊賀守が急に声を小さくした。

「わざわざ道中奉行副役などという、どう見ても後付けの役目を与えられての巡察

……上様のお考えはなんだ」

政治家の顔になった松平伊賀守が問うた。

「ただ世間を見て来いと」

「世間を……」

「はい。上様が金と女の次を任せるには、そなたは世間を知らなすぎると」

首をかしげた松平伊賀守に聡四郎が吉宗との会話を語った。

「ふむう。そういえば、水城は勘定吟味役、御広敷用人をしてきたのであったな。たしかに、金と女だ」

調べはすませているのだろう、松平伊賀守が聡四郎の経歴を口にした。

「となると……なるほどな。江戸の上様よりおぬしに命が届いておる。しばらく京を見て回れと」

松平伊賀守が吉宗の言葉を伝えた。

「京を見て回る」

「うむ。公家の相手をさせられるのではないか」

京都所司代としての推測を松平伊賀守が述べた。

「公家……そのような役目がございますので」

「禁裏付《きんりづき》という役目がある。千石高で朝廷の監察をおこなう」

訊いた聡四郎に松平伊賀守が告げた。

「大変だぞ」

松平伊賀守が聡四郎に哀れみの目を向けた。

「それほどに……」

「公家は人ではない。ああ、人には違いないがな、そのありようは狐狸《こり》妖怪じゃ」

「狐狸妖怪とは……また」

松平伊賀守の表現に聡四郎は驚いた。

「公家のことはどれくらい知っておる」

「朝廷の臣で千年以上前から続く家柄だと」

問われた聡四郎が答えた。

「まあ、そのていどだな」

松平伊賀守が小さくうなずいた。

「たしかに公家は千年をこえる歴史を誇る名族である。そしてほとんどの家に天皇家の血が入っている」

「天皇家の血……」

「いわば、将軍家と縁続きの大名だな。御三家にあたる宮家や五摂家から、かなり昔に松平と縁を結んだ大名にあたる家まで、血の濃さに違いはあるがな」

「なるほど」

「それがどういうことかわかるかの」

すでに五十歳をこえている松平伊賀守からみれば、まだ三十路《みそじ》に至っていない聡四郎など子供のようなものである。

松平伊賀守が師が弟子に接するように尋ねた。

「……わかりませぬ」

少し考えて聡四郎は首を横に振った。

「わからぬようでは公家の相手などできぬぞ。そうよな、今の大名だと思うからわかりにくくなるのだろう」

たしなめるように言いながら松平伊賀守が表現を変えた。

「戦国の大名だと思え。皆血筋である戦国の大名だとな」

「一門の多い戦国大名……」

「そうだ」

言い換えた聡四郎に松平伊賀守が首肯した。

「跡目を巡っての争いが絶えますまい」

「うむ。それで」

一つめの答えを松平伊賀守が正解だと認めた。

「もう一つ……」

聡四郎は悩んだ。

「ゆっくり考えさせてやりたいが、余もいろいろとやらねばならぬことがある」

苦悩する聡四郎を松平伊賀守が押さえた。

「血は分かれれば争う。だが、その血を絶やそうとする者には一丸となって抗《あらが》う。いつもは誰が関白《かんぱく》になるか、大納言になるかで争っているが、幕府が朝廷になにかを押しつけようとすると……」

「一つになって抗う」

最後を促された聡四郎が述べた。

「そうやって武家の世を鎌倉、室町、織田、豊臣、そして徳川と生き残ってきたのだ。公家たちの身体には政争が染みついている。そんな公家たちをいきなり京へ遣《や》られた旗本が禁裏付でございと抑えきれるはずもなし。あらかじめ、公家の正体を知っておかねば、あっさりと呑みこまれる」

「では、今の禁裏付は……」

「なにもできぬように牙を抜かれておる。旗本としては例外に近い高い官位を与えられただけの閑職じゃ」

松平伊賀守が苦い顔をした。

「上様は幕政だけでなく、朝廷も変えられようとなさっておられるのやもしれぬ。そのために、信頼しているおぬしを道中奉行副役などという隠れ蓑《みの》を着せてまで、京へ来させたのではないか」

「…………」

松平伊賀守の推測に、聡四郎が息を呑んだ。

第四章　京の役人

一

道中手形の発行はすんなりとなされた。

京都所司代の松平伊賀守は聡四郎と同じく吉宗の引きで役目に就いた同僚であったおかげで、役人特有の引き延ばしという嫌がらせもなかった。

「気をつけて参れ」

聡四郎は山路兵弥と菜を江戸へやった。

三条大橋で菜たちを見送った聡四郎は、その足で御所へと向かった。

聡四郎と玄馬は三条大橋を西に戻り、寺町《てらまち》通を北上して御所に着いた。

「これが御所……」

大宮玄馬が足を止めた。

「ここに朝廷が……ここに今上《きんじょう》さまが……」

「……小さい」

驚く大宮玄馬に聡四郎も同調した。

「征夷大将軍を任じる天皇さまが……」

江戸城を日常として見ている旗本にとって、御所は狭すぎた。

「吾が屋敷よりは大きいが……ちょっとした大名屋敷の上屋敷ていどしかない」

聡四郎が嘆息した。

「なかも見えてしまうほどに塀が低い」

上背のある聡四郎なら、つま先立ちするだけで御所のなかを覗くことができた。

「周囲にあるのは、公家さまがたのお屋敷でございましょうか」

「おそらくな。城下町でも同じだ。御所をお城と見立てれば、このあたりは城下町になる。当然だが御所に近いほど偉いお方のお屋敷だろう」

御所の周りを巡りながら、聡四郎たちはあちこちに目をやっていた。

「屋根に草が……」

「門が傾いておる」

その破損ぶりに大宮玄馬と聡四郎は啞然としていた。

「これが天下の都だと」

「…………」

聡四郎の嘆きに大宮玄馬が沈黙した。

「かなり大きな屋敷がございますな」

「ああ。今出川《いまでがわ》門すぐのところだ。おそらく五摂家のどなたかだろう」

「五摂家とはどのような」

大宮玄馬が聡四郎に問うた。

「大織冠《たいしょくかん》、藤原鎌足《ふじわらのかまたり》という御仁を知っているか」

「いいえ」

確認された大宮玄馬が首を左右に振った。

武家はあまり過去を学ばない。

せいぜい鎌倉に幕府ができてからのことを古老語りに聞くくらいで、それ以前の王朝時代の話などよほど雅《みやび》ごとの好きな連中がせいぜい源氏物語とか古今和歌集などを紐解くていどでしかなかった。

「千年以上前にいた公家でな。ときの天皇の重臣であった。この藤原鎌足の子孫が今の五摂家だ」

「功臣の末ということは、酒井《さかい》家や本多《ほんだ》家、榊原《さかきばら》家のようなもの」

大宮玄馬が徳川の者としてふさわしい例を口にした。

「まあ、そうとも言えるが、酒井家や本多家、榊原家と違うのは、潰れることなく数百年続いていることだな」

「潰れることがない」

大宮玄馬が目を剝いた。

「徳川ではそうはいかぬ。たとえどれほどの功績がある家でも、子孫が愚かであれば遠慮なく咎められる。ここが違う」

聡四郎がため息を吐いた。

「公家とは安泰なものでございますな」

大宮玄馬が感心した。

「それが武家と公家の違いなんだろうな。武家は力に頼る。力に頼れば、下克上がありえる。しかし、公家たちに下克上はない。どこの公家も今上さまを廃して入れ替わろうとはしない」

「むうう」

聡四郎の説明に大宮玄馬がうなった。

「潰されないとわかっていれば、なんでもできよう」

「御上は公家方になにもなさらぬのでございましょうか」

大宮玄馬が疑問を呈した。

「武家諸法度と同じように禁中並公家諸法度があるとはいえ、相手は徳川を征夷大将軍に就ける朝廷だからな。あまり無茶をさせたり、大幅な改変をすれば徳川の将軍就任に支障が出かねぬ」

「そのようなまねができましょうや」

徳川は天下を力で押さえつけた。徳川を怒らせれば、朝廷にどのような報復がなされるか、朝廷もわかっている。

大宮玄馬の質問は当然であった。

「徳川から征夷大将軍を取りあげることはできまい。もっとも永遠とはいえぬがな。鎌倉源氏《げんじ》と足利の末路を見ていればわかる。どちらも滅んだ。だからこそ、徳川が征夷大将軍になれたのだがな」

「では、どうやって」

「引き延ばすのだろうよ。将軍家が亡くなって、お世継ぎさまが跡を継がれようとしたときに、征夷大将軍にはふさわしくないとして人選変更を求めたり、将軍宣下《せんげ》の時期を遅らせたりな」

「そのようなまねをされれば、御上も黙っておりますまい。京都所司代さまが手を打たれましょう」

聡四郎の説に大宮玄馬が反論した。

「京都所司代さま……か」

なんとも言えない顔を聡四郎は浮かべた。

京都所司代は老中への待機役である。元禄《げんろく》のころ、京都所司代が持っていた西国大名の監察は大坂城代に、京都洛中の治安や行政は京都町奉行に、京に隣接する諸地方の年貢徴収や治世は京都代官に委譲され、今やほとんど無役に近い状況であった。

「このままのんびりしているだけで老中になれるほど、上様は甘くなかろう」

松平伊賀守は独りごちた。

「道中奉行副役として諸国回行を命じた水城に、京に滞在せよとの指示……上様はやはり朝廷を抑えこまれるおつもりだ」

京都所司代は大坂城代と並んで、老中への道しるべである。京都所司代に任じられるということは、老中になれるだけの器量があると将軍が認めたことでもあった。

「老中に空きが出るまでの待機だが、無為に過ごしていては上様がお許しになるまい」

幕府最高位の老中は五万石内外の譜代大名から選ばれ、定員は五名とされている。老中になっている者の病や引退で欠員ができてしばらく定員を割ることはあっても、増員されることはなかった。

「老中には京都所司代、大坂城代、側用人、若年寄、奏者番から選ばれる。一応、京都所司代がもっとも先任とされるが、かならず選ばれるとは限らない」

京都所司代にまで上がっていながら、そこで役人として終わった者もいた。

「上様は思い出だけで政を左右されるお方でもない」

松平伊賀守は確信していた。

吉宗の思い出とは綱吉であった。綱吉が将軍となったころ、吉宗は紀州藩主二代徳川光貞《みつさだ》の子でありながら、公子としては認められていなかった。これは吉宗の母が女中のなかでも格の低い湯殿《ゆどの》番でしかなかったためだが、すでに三人の男子をもうけていた光貞は、老いてから戯《たわむ》れに手を出した湯殿番の産んだ子供に紀州藩を継げる身分を与えるつもりはなかった。

そのため吉宗は城中ではなく、城下で育った。ただ、光貞も老いるにしたがって気が弱くなり、吉宗を身近に招くようになっていった。

「江戸へ供をいたせ」

そろそろ家督を嫡男に譲るとして、最後の参勤交代だと思った光貞は吉宗に江戸を見せてやろうとして参府の供を命じた。

そして認知している子供すべてを連れて綱吉に目通りしたとき、柳沢吉保《よしやす》がもう一人光貞には子供がいると報告。興味を持った綱吉が吉宗も連れて来いと促した。将軍に目通りをした以上、吉宗は正式に光貞の子と認められて徳川の一門となり、三万石とはいえ大名としての領地を与えられた。

この後、兄たちが病死したことで吉宗は紀州藩主となり、やがて七代将軍家継の世継ぎとして八代将軍に就任した。

もし、綱吉が目通りを許していなければ、今でも吉宗は紀州で家臣として過ごしていたはずである。

吉宗が綱吉に恩を感じているというのは、誰もが知る話であった。

そのためか、吉宗は家宣の政治を支えた間部《まなべ》越前守《えちぜんのかみ》詮房《あきふさ》などを廃し、代わって綱吉が引き立てた者たちの何人かを復帰させた。

松平伊賀守は復帰組の代表といえた。

「余に上様は水城が京へ来ることをわざわざお報せになり、さらにしばらく余の担当である京洛への滞在を命じられた。真に水城へのお指図だけならば、余に口頭で伝えさせる意味はない。封緘《ふうかん》をした書状ならば、いかに京都所司代といえども見ることは叶わぬ……」

一人で松平伊賀守が思案した。

「……うまく水城を使ってみせよとのご指示か」

松平伊賀守が吉宗の意図をそう読んだ。

「ならば、遠慮なく使わせていただこう」

そう呟いた松平伊賀守が手を叩いた。

「お呼びで」

すぐに襖が開いて、松平伊賀守の近習が顔を出した。

「禁裏付をこれへ」

「はっ」

近習が駆け出した。

「さて、まずは禁裏付からだ」

松平伊賀守が口の端を吊り上げた。

二

聡四郎たちは御所を一周して、南御門へもどった。

「この後、どうなさいまするか」

ようやく昼頃で、まだまだ日は高かった。

「公家たちの様子も見たいと思う。宿へ帰って昼餉《ひるげ》を摂るのは手間だな」

聡四郎が周囲を見回した。

「茶店も煮売り屋もございませぬ」

大宮玄馬が聡四郎の意図をさとって首を横に振った。

「鴨川《かもがわ》のほとりに出れば、茶店くらいはあるだろう」

聡四郎が歩き出した。

鴨川までは、さほど離れてはいない。公家屋敷のなかを通り清和院《せいわいん》御門を出た聡四郎たちは、仙洞《せんとう》御所の角を右折、百万遍《ひゃくまんべん》の禁裏付屋敷の前に出た。

「武家屋敷のようだな」

禁裏付屋敷とは知らなくとも、付近の公家屋敷とは造りが違う。

「諸藩の京屋敷ではございませぬか」

大宮玄馬が言った。

江戸でもそうだが、京でも屋敷に表札はかけられていなかった。

「ふむ」

聡四郎は納得した。

幕府は朝廷と各大名が繋がるのをよくは思っていない。形式とはいえ、大政委任と同義である征夷大将軍就任の是非は朝廷が握っているのだ。それこそ徳川を朝敵と認定し、島津や毛利を征夷大将軍にされれば、幕府は崩壊する。

もちろん、その危惧なぞとうに消え去っている。関ケ原《せきがはら》合戦から五十年くらいなら、まだ天下を狙う外様《とざま》大名がいた。だが、すでに戦国は過去になり、実戦を経験した将兵もいなくなった。武士が戦うものではなくなった。こんなときに、天下を支配しようと考える者はいない。その日、その日を無事に過ごすだけで、子々孫々まで禄は受け継いでいける。無理をして幕府に睨まれて潰されてはたまらない。

幕府も謀叛《むほん》を警戒しなくなっている。

そこに諸大名のつごうが重なって、京屋敷が設けられるようになった。

諸大名のつごうに参勤交代による京での宿舎という役目はなかった。どれほど大名の謀叛を気にしないとはいえ、大名が直接京に滞在するのを幕府も認めるわけにはいかなかった。大名の狙いは、朝廷に影響のある公家との交流を維持することにあった。

戦がなくなった世で、大名が誇るは武ではなく名誉になる。

名誉でわかりやすいのは、第一に石高、百万石と一万石では一目瞭然である。次に譜代と外様という区別である。もっとも、大名たちの通婚や将軍家姫君輿入《こしい》れなどで血筋は混和している。外様から譜代大名への格上げもあるだけに、さほどの差ではなくなっている。

そして、もう一つが官位であった。

大名の官位は幕府へ申請し、まとめて朝廷へ提出される。朝廷がそれを審議し、可否を幕府へ伝える。基本、幕府が出した希望が通る。が、まれに拒まれるときもあった。歳若だとか、その官位に就くにはまずはこっちを経験しておかなければなどといった前例に当てはめての理由が出された。

希望した官位を認められないというのは、大名にとって恥になる。

「代々何々守を受領《ずりよう》いたしておりましたのに……」

少し歴史のある大名ならば、戦国のころからの自称も含めて代々の官名を持っていることが多い。

毛利家の大膳大夫《だいぜんだいぶ》、伊達家の陸奥守《むつのかみ》、島津家の修理大夫《しゆりだいぶ》などだ。

こういった家で家督相続があったならば、新当主は当然代々の名乗りを欲しがる。もらえなければ、先祖より劣ると言われたに等しいからである。

もらえないではすまない。もし、もらえなければ家臣が大変な目に遭う。

「なにをしていた。そなたら留守居役《るすいやく》はこういったときのためにあるのだろう。役立たずなど不要じゃ」

藩の外交を担う留守居役はまずまちがいなく罷免《ひめん》される。

「家老でありながら……」

留守居役だけですめばいいが、いたるところに藩主の怒りは飛び火する。そうなってはたまらない。

そこで藩士たちは幕府だけでなく、朝廷へも根回しをすることになる。

京屋敷は、こういった下打ち合わせの場として使われていた。

聡四郎たちは禁裏付屋敷をその一つだと考えた。

「にしても御所に近い。よほど高位の大名なのだろう」

百万遍は御所から二町（約二二〇メートル）ほどしか離れていなかった。

「後で調べるとしよう」

二人は鴨川沿いへと移動し、目に付いた茶店へ入った。

「なにか食べられるものはあるか」

「へい。団子か餅でよろしければ」

大宮玄馬の問いに茶店の親爺《おやじ》が答えた。

「殿……」

「たまには甘味もよかろう。両方もらおう」

了承を求めた大宮玄馬に聡四郎がうなずいた。

「へい。どうぞ、おかけやして」

親爺が床几《しょうぎ》を勧めた。

「のどかなものだ」

聡四郎が水面を輝かせる鴨川を見つめた。

「はい」

大宮玄馬が同意した。

傘助と猪太の二人は宿に残してきている。しばらく滞在するとなると、いろいろな雑用が出てくるからであった。

道中で使用した水あたりの薬の補充、雨の日に使った油紙でできた合羽《かっぱ》の乾燥と手入れ、下帯や足袋、草鞋《わらじ》などの補修あるいは購入とやることは多い。こういった雑用はどうしても何日か同じところにいないと難しい。

「どうぞ」

用意のできた親爺が聡四郎たちの前に茶と団子と醬油をかけた餅を出した。

「うむ」

鷹揚に首を縦に振って聡四郎が茶を含んだ。

「……親爺、ちと訊きたい」

唇を湿した聡四郎が親爺に話しかけた。

「なんどすやろ」

親爺が姿勢を正した。

「そこの路地を突き抜けた右手のお屋敷はどなたさまのだ」

「お屋敷……仙洞御所はんの向かいですやろか」

尋ねられた親爺が確認した。

「そうだ。あの武家屋敷だ」

「禁裏付はんですわ」

首肯《しゅこう》した聡四郎に親爺が告げた。

「あれが禁裏付どのか」

「仙洞御所はんに近いほうが禁裏付屋敷で、こっちに近いところが組屋敷で」

親爺が付け加えた。

「組屋敷もあるのだな」

聡四郎が感心した。

「もう一カ所、相国寺《しょうこくじ》はんの側にも同じもんがおますで」

親爺が付け足した。

「のう、親爺よ。禁裏付とはなにをするものなのだ」

「餅が固《かと》うなりますよって、お召しあがりを」

続けた聡四郎に親爺がまずは食べてくれと勧めた。

「そうだな。もらおう、玄馬」

「はっ」

主君が手を出さなければ、従者は口をつけるわけにはいかない。聡四郎の許しに大宮玄馬が餅を摑んだ。

「……うまいな」

餅に聡四郎が感嘆した。

「醬油にちっとだけ甘酒を足してますねん」

誇らしげに親爺が胸を張った。

「甘酒……なつかしいな」

聡四郎が頰を緩めた。

「子供のころ、風寒《ふうかん》の気が見えたら母が作ってくれたものだ」

一度餅を見た聡四郎が、残りを一口で頰張った。

「詰めはらんとっておくれやすや」

親爺が目を剝いた。

「……大事ない。餅は武士の好物だからな」

嚙み終えた餅を吞みこんだ聡四郎が笑った。

そのままでも食べられ、温めるだけで柔らかくなる餅は日もちもよく、戦陣食としてよく使われていた。米を搗《つ》いて丸めるからか腹もちも悪くなく、持ち運びにも便利な餅は武士の虫養いとして現在でも好まれている。

「禁裏付はんですか……」

安心した親爺が思案に入った。

「なにしてはるか、わかりまへんわ」

少し考えた親爺が首を左右に振った。

「近くにいてもわからぬか」

「そうでんなあ。毎日抜き身の槍を立てた行列を仕立てて、禁裏はんへ通ってはるのは見てまっけど」

ため息を吐いた聡四郎に親爺が言った。

「抜き身の槍……とは物騒《ぶっそう》だな」

「物騒ですみますかいな」

親爺が声を低くした。

「お武家はんは、禁裏付はんと縁は……」

「ないな。ああ、吾の正体が気になるか。幕府家人《けにん》の水城という」

「お旗本はんですかいな」

一層の懸念を親爺が見せた。

「心配するな。今の禁裏付どのがどなたかさえも知らぬ。ただ、京へ来てな、所司代さまより禁裏付という役目があると教えてもらったが、なにをしているかわからぬので、興味が出ただけよ」

「……ならよろしいけど」

手を振った聡四郎に親爺が安堵の息を吐いた。

「禁裏付はんは、脅しまんねん」

「脅し……誰をだ」

「京のもん、全部ですわ」

訊かれた親爺が答えた。

「意味がわからぬ。なぜ、幕府から京へ派遣された禁裏付がそのようなまねをするのだ」

聡四郎が首をかしげた。

「御上に逆らったら、どうなるかわかってるやろいうやつで」

「それと抜き身の槍が……まさか、槍で突いて回るわけでもなかろう」

親爺の話に聡四郎はより困惑した。

「さすがに王城の地でそんなことはできまへんわ。いくら禁裏付はんでもゆえなく人を傷つけたらあきまへんやろ」

「もちろんだ。旗本の槍は天下の安寧を守るためにある」

聡四郎が宣した。

身分としては槍を持つことを許されている聡四郎だが、戦場ならまだしも、かかわりのない者がいる繁華なところでは危険すぎて遣えない。対して剣も巻き添えを生みださないとは言いきれないが、槍に比べてましであるため、普段は槍を持っていなかった。

「あれも安寧ですか。行き交う公家はんの牛車《ぎっしゃ》に切っ先を向けはりまっせ」

「…………」

あきれたといった物言いをする親爺に、聡四郎は黙った。

「公家に槍を突きつけると」

大宮玄馬が唖然とした。

「もちろん、実際に刺したりはしまへんで。さすがに理由もなく血を流したら、大事になりますやろ」

「それで脅し……か」

親爺の話に聡四郎が納得した。

「だが、無闇矢鱈《やたら》と切っ先を向けたりはせぬだろう」

「どうですやろ」

聡四郎の疑問に親爺が首をかしげた。

「見てるぶんには、そうとしか思えまへん」

「ふむう」

親爺の返しに聡四郎が悩んだ。

「いつくらいに禁裏付は御所を下がる」

聡四郎が訊いた。

「大体夕刻の七つ（午後四時ごろ）ですわ。わたいが店じまいしてからですよって」

「七つごろか。かなりあるな」

聡四郎が大宮玄馬を見た。

「一度宿に戻られて、お休みになられまするか」

大宮玄馬が聡四郎の意図をさとった。

「それもいいが、いささかときがもったいない気がする」

聡四郎がためらった。

吉宗から聡四郎が命じられたのは、街道筋の監察である。一応、東海道は品川《しながわ》から三条大橋までの道程は終えた。とはいえ、天下に街道は大きなものだけで五つある。

聡四郎はまだ役目の端緒《たんしょ》についたばかりであった。

「しばらく京で過ごせという上様の御諚だ。次に京を離れよとか、どこへ向かえなどのご命が出るまで動けぬ。だからと申して、なにもせぬわけにはいかぬ」

「上様が殿を遊ばせておかれるはずはございませぬ」

聡四郎の危惧を大宮玄馬が理解した。

「そうだ」

家臣というより剣での同門という大宮玄馬の推測を、聡四郎は苦笑しながら認めた。

「あと二刻（約四時間）弱あるな」

いつ呼び出されても応じられるようにと、早飯も武士の心得の一つであった。すでに出された団子も餅も片付いていた。

「とりあえず、もう少し京洛を見て回ろう」

なにをするにも土地をよく見ておくべきであった。聡四郎が腰をあげた。

「親爺、いくらだ」

支払いは家士の仕事である。大宮玄馬が問うた。

「……ええと全部で四十と六文《もん》お願いをいたします」

親爺が勘定を告げた。

「玄馬」

「はい……親爺、釣りは要らぬ」

聡四郎に合図された大宮玄馬が波銭を二十枚置いた。

「ひい、ふう……八十文。こんなに」

銭を数えた親爺が驚いた。

「話の代金だ。助かった。また、寄らせてもらうかも知れぬ」

「ありがとうございまする。朝五つ（午前八時ごろ）から夕七つ前まで、雨風がひどくない限り、ここで商いをしておりまする」

親爺が深く腰を折った。

「……まったく」

もと来た道を戻りながら、大宮玄馬が憤懣を漏らした。

「どうした」

「殿が旗本だと知ったときよりも、心付けをもらったときのほうがていねいだというのは、いかがなものでございましょう」

問われた大宮玄馬が親爺の態度が不満だと答えた。

「京や大坂などの上方《かみがた》では、武家の値打ちは低いというからな」

聡四郎が小さく笑った。

商いの都である大坂は、金が中心になる。諸大名の内証が逼迫《ひっぱく》し、数年後の年貢を担保に入れてまで金を借りなければならなくなった今、商人にとって武士は畏れるものではなく、単なる利子稼ぎの相手に落ちている。

「畏れ入りまする」

武士が四民の上だという幕府の決まりがあるゆえ、頭を下げるし、へりくだりもするが、肚のなかでは嘲笑している。

事実、大坂商人を怒らせて、藩が成りゆかなくなっている大名も多い。参勤交代で大坂を通るたびに、名だたる豪商の店を大名が訪れて挨拶をするようになってもいる。

大坂商人が武士をありがたがるわけなどなかった。

そして、天下の都である京は、いつも天下を狙う武士の暴力で被災をしてきた。家を焼き、妻や娘を犯し、財産を奪っていく武士を京の町衆が尊敬してくれるわけもない。

「武士でございと偉ぶれるのは、江戸と大名の領国だけと考えるべきだろう」

聡四郎がまだ怒っている大宮玄馬を宥《なだ》めた。

「…………」

大宮玄馬が難しい顔をした。

旗本や御家人《ごけにん》のほとんどは、生涯江戸から出ることはまずなかった。幕府領の代官や遠国奉行などに任じられた者は役目だから移動するが、本来旗本や御家人は徳川家の家臣であり、その役目は主君の警固と戦である。

いや、戦がなくなった泰平の世では、将軍の警固だけと言いなおしてもいい。

さらに将軍も江戸城を離れなくなった。結果、旗本や御家人は江戸以外の土地を知らなかった。

「公家も尊敬はされておらぬようだがな」

さきほどの親爺の態度から、聡四郎は京の町衆が公家を敬ってはいないと感じていた。

「禁裏付に脅されていると知っていながら、憤ってはおりませんでした」

大宮玄馬も同意した。

「上様が世間を見て来いと仰せになったのは、こういうところなのだろうな」

聡四郎が呟いた。

三

禁裏付は老中支配になる。とはいえ、任地の京は遠く離れているため、普段は京都所司代の監督を受けた。

「伊賀守さまのお呼び出しか」

「とあれば、急がねばならぬの」

禁裏付二人が昼餉の席で顔をつきあわせて話をした。

天皇の気遣いとして、禁裏付には朝廷から昼餉が出された。それも天皇よりもはるかに贅沢な三の膳付きのものである。それを禁裏付は武者伺候《しこう》の間で摂る。

禁裏付は二人勤務で、一人が天皇から幕府へ勅意や内意を承るために武者伺候の間へ詰め、もう一人が朝廷の勘定方である蔵人《くろうど》を監査する現場である日記部屋に詰めた。

それぞれの詰め所で昼餉を別個に摂ることもできるが、なにかの打ち合わせなどがあるときは、武者伺候《しこう》の間で一緒にした。

「所司代さまがなんの御用であろうか」

千石高の禁裏付は、十年を一つの区切りとする慣例であった。十年の間京にあり、その後西の丸留守居や佐渡《さど》奉行などへ転じていく。

遠い老中より、長く一緒にいる京都所司代とのつきあいが深くなるのは当然であり、その京都所司代は次の執政にもっとも近い。

「支配違いの京都所司代より命を受ける義理はない」

はねつけることもできないわけではないが、それをするようでは役人としてやっていけない。

「禁裏付の某の態度は……」

江戸へ報告をどうするかは京都所司代の胸三寸なのだ。

「本日の勤務が終わってからでは、いささか遅くなる」

「うむ。どうせ蔵人が持ちこむ書付に花押《かおう》を入れるだけじゃ。先にすませてしまえばよかろう」

二人の禁裏付は、まだ一日の決算を終えていない禁裏内証の勘定書きを無理矢理提出させ、そこに花押を入れた。

「では、参ろう」

禁裏付二人が御所を下がったのは、昼八つ（午後二時ごろ）になる前であった。

御所から槍を立てて進む行列など、禁裏付しかいない。

「禁裏付じゃ、道を空けよ」

「ずいぶんと早いではないか。まだ大丈夫だと思えばこそ、牛車を出したというに」

御所から二条城近くの京都所司代までの途上で出会った公家たちが顔色を変えた。

「幕府の行く手を遮るか」

禁裏付の槍持ちが、抜き身の槍を振り回した。

「ひえええ」

朝廷での官位でいけば、牛車に乗れる身分の公家が従五位《じゅごい》ていどの禁裏付よりははるかに上なのだが、それでも幕府を盾にされれば文句を言うわけにもいかない。どころか、どのような災厄に見舞われるかわからないのだ。

公家たちが雑掌《ざつしょう》たちを急かして、道の隅へと退避した。

「愉快である」

遅い牛車を無理に急がせ、慌てふためく様子を駕籠のなかから見た禁裏付たちが口の端を吊り上げた。

「公家なぞなんの力もないくせに、偉そうにするのがおかしいと気づかぬか」

禁裏付は朝廷目付とされる。なにかあれば五摂家でさえ訴追できるのだ。禁裏付が傲慢《ごうまん》になるのも当然の帰結であった。

「禁裏付山田《やまだ》近江守、同じく鈴原常陸介《すずはらひたちのすけ》、お召しにより参上つかまつった」

松平伊賀守の前に二人の禁裏付が並んだ。

「早いの」

「伊賀守さまのお召しでしたので、急ぎ参上いたしましてございまする」

二人を代表して先達になる山田近江守が答えた。

「そうか、それはすまなかったの。そこまでせずともよかったのだが」

任を途中で放り出してきた二人に、松平伊賀守が嘆息した。

「急いでいただいたのなら、無駄話をしては悪いの。早速だが用件に入りたいと思う」

松平伊賀守が二人を見つめた。

「なんでございましょう」

「…………」

禁裏付二人が松平伊賀守の様子になにかを感じ取ったのか、身構えた。

「上様より人が派遣されて参った」

「……上様より」

「人が……」

松平伊賀守の言葉に、山田近江守と鈴原常陸介の二人が驚愕した。

「いったい、なんのために」

山田近江守が質問した。

「参ったのは道中奉行副役という名目の者であったが、上様よりしばらく京に滞在せよとの御諚を余が受けた」

「道中奉行副役……初めて耳にいたしまする」

鈴原常陸介が怪訝な顔をした。

「新たに上様が設けられたそうだ」

そう言った松平伊賀守があらためて二人の顔を見つめた。

「…………」

二人の禁裏付が黙った。

「道中奉行副役だと街道さえ通っているところならば、どこにでも行ける。大名領であろうが、幕府領であろうが、寺社領であろうが、朝廷御領であろうがだ」

「どこにでも行ける……その者が京へ」

山田近江守が思案した。

「そして、上様からしばらく京へ滞在せよとのお指図」

「京に滞在……」

鈴原常陸介も考えこんだ。

「…………」

二人に考える間を与えるべく、松平伊賀守が無言で政務を始めた。

「……伊賀守さま」

しばらくして山田近江守が松平伊賀守に声をかけた。

「なんじゃ」

手にしていた書付から、松平伊賀守が顔をあげた。

「一つお伺いいたしたきことがございまする。その道中奉行副役というのは、どのような経歴を持っておりましょう」

山田近江守が訊いた。

「おう、その者ならば初役が勘定吟味役で次が御広敷用人、そして道中奉行副役である」

松平伊賀守が告げた。

「金と女……」

鈴原常陸介が思わず口にした。

「その次が街道だと」

山田近江守が納得のいかない顔をした。

「ああ、言い忘れていたの。その道中奉行副役はな、水城聡四郎という」

「水城……」

「はて」

二人の禁裏付が思いあたらないと首をひねった。

「京へ来て、何年になる」

不意に松平伊賀守が尋ねた。

「わたくしは七年でございまする」

「そろそろ六年になるかと」

山田近江守と鈴原常陸介が答えた。

「そうか。それだけ京にいたのならば、知らなくても無理はないの」

大きく松平伊賀守がうなずいた。

「伊賀守さま」

山田近江守がなんのことだと問うような表情をした。

「水城聡四郎はの」

わざと松平伊賀守が溜めた。

「上様の娘婿だ」

「まさかっ……」

「そんなことが……」

松平伊賀守の言葉に山田近江守と鈴原常陸介が絶句した。

「上様がまだ紀州藩主でおられたときに縁を結んだのだ」

旗本に将軍の娘が輿入れした例はない。松平伊賀守が付け加えた情報は、二人の禁裏付に真実味を植え付けた。

「さきほど申したであろう、金と女と。上様がなさろうとしている幕政改革の柱たる倹約にそのどちらもがかかわる。さて、その二つの目途がついたとしたら、次はなんだと思うかの」

松平伊賀守が軽い口調で問いかけた。

「まさか……」

「朝廷」

山田近江守と鈴原常陸介が蒼白になった。

「用はすんだ。下がってよいぞ」

これ以上はなにも話さぬと松平伊賀守が執務へと戻った。

「…………」

山田近江守と鈴原常陸介が、黙って互いの顔を見つめ合った。

「……お報せかたじけなく」

「これにてご無礼つかまつる」

二人の禁裏付が一礼して、去っていった。

「さて、明日は京都町奉行を焚《た》きつけるつもりだが……一度に二つの相手はきつい
かの、水城」

松平伊賀守が感情の籠《こ》もらない声で呟いた。

四

聡四郎と大宮玄馬は百万遍の禁裏付屋敷を見張りやすい寺町御門の付近で苦い顔をしていた。

「すでに七つをかなり過ぎておりまするが……」

大宮玄馬が何度目になるかわからない言葉を口にした。

「来ぬな」

やはり何度目になるか覚えてもいない返事を聡四郎がした。

「今日に限って遅いということか」

「あの茶店の親爺が偽りを申したのかも知れませぬ」

「それはなかろう。親爺が我らに嘘を語る意味はない。なにより、そのようなまねをすれば、明日よりあの場所で店を出せぬぞ」

聡四郎が大宮玄馬の疑いを否定した。

幕府の役人と知っていて欺《だま》したとあれば、咎めを受ける。それもかなり厳しいものとなり、場合によっては首が飛ぶ。そこまでいかなくとも、店は確実に潰された。

「さようでございました」

考えればすぐにわかることなのだが、主君が欺されたのではないかという怒りが大宮玄馬の思考を狭くしていた。

「屋敷に寄らず、どこかへ直接出かけたということもあり得る」

聡四郎は自ら言い聞かせるようにゆっくりと述べた。

「……殿」

あきらめず周囲に気を配っていた大宮玄馬が声をあげた。

「来たか」

すぐに聡四郎も反応した。

「たしかに抜き身の槍だな。だが、二本あるぞ」

聡四郎が首をかしげた。

武家にはいくつかの段階があった。その一つが槍を立てて外出できるかどうかであり、その上が馬に乗れるかどうかである。

槍を立てるのがもっとも低いが、これが二本立てられるとなれば一気に難度があがる。よほどの武功を立てたか、将軍と特別の関係にあるかとなり、禁裏付ではまず無理であった。

「駕籠が二つ……禁裏付が並んで、御所とは反対側から来る……」

聡四郎は首をかしげた。

「殿、こちらへ」

京で武家は珍しい。大宮玄馬が考えている聡四郎の袖を引いた。

「…………」

聡四郎は黙って大宮玄馬に従って、寺町御門の陰へ隠れた。

禁裏付二人の行列は、そのままそろって百万遍の組屋敷へと入っていった。

「どういうことだ。親爺の話では、もう一カ所禁裏付の屋敷はあるはずだぞ」

聡四郎が困惑している間に禁裏付の行列は二つとも百万遍の禁裏付屋敷へと入っていった。

「……大門が閉じられぬ」

いつまで経っても大門が開いたままだということに聡四郎は疑問を感じた。

「客だということでございましょう」

大宮玄馬がそれに答えた。

武家屋敷の大門は城の大手門と同じ扱いになった。

基本として、当主と一族、上司、同役など以外では開かれない。そして大門は来客がある間は開かれたままになった。

これは大門を閉じれば、なかでなにがあっても幕府でさえ手を出せないからであった。極端な話、来客として迎えて大門を閉め、襲いかかってもなかったことになる。その危惧を払拭するため、来客中の大門は開かれたままとなった。

「となれば、もう一軒屋敷があるとのことと一致するな」

聡四郎も納得した。

「いかがいたしましょう、このまま見張りを続けなさいますか」

「いや、止めておこう。禁裏付の様子は明日確認しよう。少し早めに宿を出ればいいだろう」

大宮玄馬の問いに聡四郎は首を横に振った。


百万遍の禁裏付屋敷の主は山田近江守であった。

「お誘いしてよかったかの」

書院で山田近江守が今更の確認を鈴原常陸介へとおこなった。

「いや、拙者も近江守どのとお話をしたいと思っており申した」

鈴原常陸介のほうが、一年とはいえ後進になる。鈴原常陸介の口調はていねいであった。

「まずは夕餉にいたそう」

「馳走《ちそう》になりまする」

食事を先にすませてしまおうと言った山田近江守に鈴原常陸介が軽く頭を垂れた。

昼餉で豪勢な食事をしているとはいえ、普段の夕餉は質素であった。千石ていどの禄で任地京と江戸に残してきた家族の両方が生活していかなければならない。これが長崎奉行だとか、大坂町奉行だとか余得の多い遠国勤めならば十二分に賄えるうえに蓄えを作ることもできるが、なんの利権もない禁裏付では儲けどころか持ち出しに近い。

なにせ、禁裏付の権を相手にするのは公家なのだ。旗本よりもはるかに貧しい公家では、朝廷目付の禁裏付へ目こぼしを願うと心付けを出すことはできない。

そんな任地に十年もいなければならないだけに、禁裏付の生活は贅沢とはほど遠いものであった。

「馳走でありました」

菜の煮ものに湯漬けと漬けものだけの夕餉はすぐに終わった。

「なにもなくて申しわけないの。まあ、酒《ささ》だけはある」

食事の膳が片付けられた後、酒の入った片口とあぶった味噌をなすりつけた小皿が用意された。

「ありがたし」

鈴原常陸介が喜んだ。

「さて、酒も入ったところで、今日の伊賀守さまのお話をどうお考えになる」

盃を干した山田近江守が口火を切った。

「……忌憚《きたん》なき返答でよろしいか」

鈴原常陸介が盃を置いた。

「もちろん」

山田近江守がうなずいた。

「警告と奮起だと取りましてござる」

認められた鈴原常陸介が述べた。

「奮起はわかる。一応とはいえ、我ら禁裏付の上役になられるのだからな。警告とはどういう意味じゃ」

山田近江守が鈴原常陸介の顔色を窺うように見た。

「禁裏付がふさわしいだけの働きをしているかどうか、それをあの水城とかいう者は監査しにきたと、伊賀守さまはお報せくださったのではないかと」

「ふむ」

鈴原常陸介の推測に山田近江守が難しい顔をした。

「しかしだな、道中奉行副役に禁裏付を監査する権はないぞ」

山田近江守が鈴原常陸介に指摘した。

「なにも水城が今すぐに監察をおこない、我らを咎めずともよろしいのではございませぬか」

「江戸へ戻って上様にご報告申しあげると」

「…………」

確認した山田近江守に鈴原常陸介が無言で肯定した。

「我らを精励不足だとして更迭《こうてつ》する」

山田近江守が苦い顔で酒を含んだ。

「……だが、それならばわざわざ娘婿を京へやる意味はなかろう。伊賀守さまで十分なはずだ。貴殿もご存じのとおり、伊賀守さまは今の上様のお引き立てだ。逼塞《ひっそく》の身からいきなり京都所司代に抜擢なされたのだ。伊賀守さまは上様に忠誠を尽くされよう。上様が一言、禁裏付を見ておけと仰せになればすむだろう」

「それは……」

正論を口にした山田近江守に鈴原常陸介が詰まった。

「では、近江守どのはいかように」

鈴原常陸介が尋ねた。

「金と女を担当していた水城が京に来た。つまり、金と女の次を京に求めたのではなかろうか」

「……金と女の次……やはり公家でござるか」

最初に金と女だと言ったのは鈴原常陸介である。鈴原常陸介の表情が変わった。

「上様のご政道に、公家はかかわってくると思われるのだな」

山田近江守が鈴原常陸介に問いかけた。

「ではございませぬか。公家に力はございませぬが、朝廷にはございまする。朝廷が徳川から征夷大将軍を取りあげると言い出せば、幕政改革どころではなくなりましょう」

「たしかにその通りじゃが、朝廷がそれをするわけはない。徳川と手切れをすれば、朝廷は干上がってしまう」

朝廷領は幕府から出されている。おおむね京に近い山城《やましろ》、丹波《たんば》などで十万石ほどである。天皇家と数百の公家の家禄として十万石は少なかった。だが、天下を押さえる力を失った朝廷に領地を手に入れたり、維持することはできない。

足りないならば幕府以外から寄付を受ければいいだろうは通らない。徳川は倒幕に繋がる朝廷と大名の連絡を嫌っている。大名が朝廷へ直接領土を寄贈することを幕府は禁じていた。

もっとも、大名家が天皇家と直接縁を結ぶことはない。それが許されている武家は将軍だけであり、島津や前田などの大大名でようやく五摂家との婚姻が認められるていどであった。

つまり、朝廷は徳川に養われていると言えた。

「下卑《げび》た言いかただがの、金主に逆らう者はおるまい」

「むうう」

山田近江守の説明に鈴原常陸介が唸った。

「では、なんのために水城が京に滞在いたすのでございましょう」

鈴原常陸介が最初の疑問に戻った。

「わからぬ」

山田近江守がお手上げだと首を左右に振った。

「それでは、伊賀守さまのご好意は……」

「はたして好意なのかもわからぬ」

「なにを言われる」

京都所司代まで疑いだした山田近江守に鈴原常陸介が驚いた。

「松平伊賀守さまを信じきってよいのか」

山田近江守が首をかしげた。

「水城が京にいるのはまちがいないだろう。だが、その意図を松平伊賀守さまが確実に知っているという保証は……」

「……」

山田近江守の言葉に鈴原常陸介が沈黙した。

「とあらば……」

盃に満たされた酒を山田近江守が呷《あお》った。

「直接、水城に訊くとしよう」

山田近江守が鈴原常陸介の意見を求めずに決めた。

京の旅籠は連泊を認めていなかった。これも幕府の政策で、浪人や怪しい連中が京に集まるのを防ぐためのものであった。

「お役目である。疑うならば京都所司代まで問い合わせよ」

聡四郎は役目を表に出して、旅籠を押さえこんだ。

「いつまで……」

「御役次第じゃ」

おずおずと訊いた番頭に、聡四郎は冷たく宣した。

「……お発《た》ちになる前にはお報せを」

なんともいえない表情で下がっていく番頭を聡四郎たちが見送った。

「やれ、面倒だな。宿の対応が悪くなりそうだ」

聡四郎が苦笑した。

「変えまするか」

別段、他の宿でもいい。明日早目に新しい宿を探せば、二階の奥の座敷を取ることも難しくはない。

大宮玄馬が聡四郎の意見を訊いた。

「そうよな……ならば、出入りのときに手間がかかるし、夜中は動きが取れなくなるが、京都所司代屋敷へ移るか。松平伊賀守さまならば、お断りになられまい」

少し考えて聡四郎が言った。

「所司代さまのお屋敷に……よろしいのでございまするか」

大宮玄馬が目を丸くした。

「もともと京都所司代には、そういった役目もある。西国探題《たんだい》と呼ばれているのは伊達ではない。遠国へ向かう幕府役人の便宜を図るのもお仕事のうちだ」

京には本陣がない。大名を宿泊させないのだから当然だが、そうなると西国へ赴任していく長崎奉行や大坂町奉行などの宿泊に困る。旅籠に分散させればいいといえばそうだが、先日の聡四郎のようなときもある。無理矢理商人を追い出し、旅籠を空けさせるという手もあるが後々問題になりかねない。商人のなかには御三家出入りや、老中と直接面談できる豪商もいるのだ。

「じつは先日……」

こう御三家や老中へ愚痴をこぼされれば、遠国奉行ていどならば消し飛びかねない。ようやく手にした長崎奉行という利益の多い役目を半年足らずで失うことにもなる。

保身と出世にすべてをかけている役人が危ない橋を渡るはずもなく、多少出入りの不便はあっても京都所司代屋敷を宿舎として選ぶようになるのは当然の帰結であった。

「移るとあれば、挨拶が要る。明日は早くから禁裏付屋敷へ出向くゆえ、伊賀守さまのところへ参るのは明後日ということにしよう。傘助と猪太もそれでよいな」

「へい。そうしていただくと助かりまする。今日洗濯したものがまだ乾ききっておりませぬし、できれば火熨斗《ひのし》を当てたいと思いますので」

傘助が雑用にもう少し余裕が欲しいと言った。

「では、明後日の朝に、この宿を発つ」

聡四郎が話を終えた。

五

傘助、猪太の二人を置いて、聡四郎と大宮玄馬は五つ(午前八時ごろ)前に百万遍の禁裏付屋敷へと向かった。

「大門が開いておるな。行列が待機しておる。間に合ったようだ」

聡四郎が禁裏付屋敷の様子に安堵した。

「いかがいたしましょう。後ろからつけましょうや。それとも先回りして行列を正面から見張りますや」

大宮玄馬がどこに位置取るかを尋ねた。

「そうだの……二手に分かれるか」

聡四郎が前後から見張ろうと提案した。

「それは……」

京にあまりいい思い出のない大宮玄馬が渋った。

「さすがに禁裏付の行列が見える範囲で馬鹿をする者もおるまい」

禁裏付の京における権威は大きい。聡四郎が刺客は出ないだろうと言った。

「…………」

大宮玄馬が難しい顔をした。

「たかがあれだけの行列だ」

禁裏付屋敷のなかで主の登場を待っている行列は、先頭の槍持ちから最後の挟み箱持ちまで合わせて二十人ほどである。それも一列に二人になるので、駕籠を挟んで五列ずつのようなもので、すべてを含めても七間（約一二・六メートル）ほどしかない。手慣れた武芸者ならば一呼吸で走破できる。

「……わかりました」

渋々、大宮玄馬が了承した。

「その代わり、わたくしが行列の後ろに付きまする」

大宮玄馬が言い張った。

聡四郎の警固と禁裏付の見張りを同時におこなうとしたら、その両方を目にできる後方が最良であった。前方に立ってとなれば、見張る行列が近づいてきたとき、合わせて下がらなければならなくなる。見張りをしながら下がるとなれば、転んだりなにかにぶつかったりしないようにするため、どうしても背後に意識を使わなければならなくなる。そのぶん、注意がそれやすくなった。

家臣は主君を全身全霊で守らなければならない。そのために吾が身を犠牲にするのも厭《いと》わないのだ。

主君が目の前で討たれるようなことになれば、家臣も生きてはいられない。それが武士の決まりであった。

「わかった」

聡四郎は承知するしかなかった。

「殿、動くようでございまする」

話しながらも禁裏付屋敷から目を離していなかった大宮玄馬が告げた。

「では、先に出る」

首肯して聡四郎は通りを北へと向かった。

「お発ちいいい」

長く尾を引く独特のかけ声とともに、禁裏付の行列が動き出した。

「もう出たのか」

「ここでは避けようがない」

通りを歩いていた町人たちが慌てだした。

禁裏付屋敷の正面は仙洞御所とそれに付随する厩《うまや》屋敷になる。上皇、法皇あるいは太子が住まいするだけに、仙洞御所は大きい。百万遍の禁裏付屋敷の正面から御所へ入る寺町御門までずっと壁が続き、辻や路地などはない。

また、反対側になる禁裏付屋敷側も同じような状況であった。辻から辻まで、一区切りがまるまる禁裏付にかかわる屋敷で、ところどころに辻はあってもかならず禁裏付屋敷に沿う形になり、庶民が通行するのはいささか厳しい。

「頭を垂れてやり過ごすしかないわ」

町人たちがうつむき、足を少し速めた。

「どかぬか」

辻の両端で肩をすくめている町人たちを追い払うように、槍持ちが槍を振った。

「邪魔になっておらぬだろうに」

聡四郎が眉をひそめた。

百万遍から御所へ向かう寺町通は、河原町通《かわらまちどおり》や東堀川通などに比べると道幅は狭い。それでも三間（約五・四メートル）はあるので、行列が中央を行けば隅にいる町人が気になることはない。それをわざわざ脅しあげるのだから、質が悪かった。

「あれでは禁裏付だけでなく、御上への反感も買う」

苦い顔で聡四郎が呟いた。

行列は散々槍を振り回して、清和院御門へと曲がった。

「殿」

清和院御門の陰にいると大宮玄馬が追いついてきた。

「ひどいな」

「はい」

聡四郎のため息に大宮玄馬も同意した。

「あれを」

行列の前をいった聡四郎が大宮玄馬の注意を促した。

「……なんと」

大宮玄馬が絶句した。

御所に近づけば、どうしても参内《さんだい》する公家たちが増える。下級公家ならば徒歩《かち》で来るが、あるていどをこえると牛車になる。

牛車はその名の通り、牛が引く車輪付きの駕籠のようなものだ。征夷大将軍に任じられたとき、同時に牛車を許すという条文が付くくらい、そうとうな官位まであがらなければ使用できない。

牛車に乗っているというだけでかなり高位な公家だとわかる。その牛車に対して槍持ちが切っ先を向けていた。

「禁裏付の行列、その行く先を遮るなど幕府を軽視しているも同然である」

行列を差配している供頭が大声を出していた。

「そ、そのようなことは」

牛車を操っていた雑掌が震えながら否定しようとした。

「さては倒幕を企《たくら》んでおるな」

「と、とんでもない」

供頭に迫られた雑掌が顔色を失った。

「ま、待つでおじゃる」

牛車の御簾《みす》があわてて引きあげられた。

「麿《まろ》は千種《ちくさ》中納言でおじゃる」

「…………」

御簾のなかから名乗った千種中納言を供頭が黙って見つめた。

「麿が幕府に思うところなどはおじゃらぬ。すぐに退くゆえ、おさめてくれ」

姿を見せずに千種中納言が詫びた。

「急げ」

供頭が偉そうに認めた。

「殿、あれではあまりに……」

公家への対応として禁裏付が出るならまだしも、陪臣に過ぎない供頭が咎めだてるなど考えられない。

大宮玄馬が聡四郎を見た。

「手出しはできぬ」

聡四郎が苦虫を嚙み潰したように表情をゆがめた。

「なぜでございまする」

「場所をわきまえよ」

逸《はや》る大宮玄馬を聡四郎が制した。

「御所の御門前ぞ。こんなところで道中奉行副役と禁裏付がもめ事を起こしてみよ、それこそ笑いものになる」

続けて聡四郎が槍持ちを指さした。

「それに見てみよ、あの槍持ちの姿を。切っ先は震えておるわ、腰は据わっていないわ。とても人を突けるものではない」

聡四郎があきれた。

「たしかに、あれでは犬でも追えませぬ」

大宮玄馬も気づいた。

「あのていどの者しか家中におらぬのか、それともわざとなのかは知らぬが、禁裏付どもも本気で公家と遣り合うつもりなどないのだろう」

「はい」

あらためて聡四郎に言われた大宮玄馬が、肩の力を抜いた。

「それがわかっただけでも、早く出てきた価値はあった。行くぞ」

聡四郎が大宮玄馬を促して、踵《きびす》を返した。

「宿へ戻られまするので」

すっと聡四郎の斜め後ろに付きながら、大宮玄馬が問うた。

「いや、あの親爺の茶店に行こう。せっかくできた知己だ。いろいろ訊きたいこともまだある」

聡四郎が鴨川沿いへと足を進めた。

「邪魔をする」

「お出《い》でやす……これは昨日のお侍さま」

心付けをくれた相手を忘れては商いなどやっていられない。すぐに親爺が頭を下げた。

「今日は朝餉をすませてきたゆえ、餅を一つずつと茶を頼む」

「へい」

親爺が餅を焼くために奥へ入っていった。

「腹は空いておりませぬが……」

つい半刻《はんとき》（約一時間）ほど前に朝餉を食べたばかりで、とてもなにか入る余裕はない。

大宮玄馬が戸惑った。

「茶だけでは、親爺が儲からぬゆえな」

聡四郎が理由を語った。

茶店は客が来れば、注文の有無にかかわりなく茶を出す。これは茶店がもともと寺社の側で発生したことに起因し、参拝に来た奇特な人々の疲れを癒す場であったからである。つまり茶は施しであり、料金を取るものではなかった。

それでは茶店がやっていけないため、茶を飲んだ客は心付けを置いて行くようになった。その習慣が今も残り、茶店での茶代は客次第であり、一文から四文ていどであった。

水のように薄く、色が付いているか付いていないかの茶でも元手はかかっている。一文では湯を沸かす炭代にもならず、赤字になる。四文もらってようやく二文ほど残るのだ。

そんな茶店の儲けは、食いものあるいは酒であった。

「昔な、紅と二人で江戸の町を歩いていたとき、いつもなにかしらを頼むので訊いてみたのよ」

聡四郎が紅に教わったと答えた。

「奥方さまが……さすがでございまする」

大宮玄馬が感心した。

「へい、お待ちどおさまで」

良い具合に膨れた餅を親爺が運んできた。

「おう。柔らかいうちに食べよう」

早速、聡四郎がかじりついた。

「…………」

大宮玄馬も無言で餅を嚙んだ。

「……馳走であった」

食べ終わった聡四郎が、茶で喉を湿した。

「親爺、昨日はよい話を聞かせてもらった」

「とんでもないことで」

褒められた親爺があわてて手を振った。

「先ほど、見てきた」

なにをとは言わず、聡四郎は禁裏付の態度だと親爺に匂わせた。

「……それは」

親爺がしっかりと悟った。

「でな、一つ教えてもらいたい」

「……わたいにわかることでしたら」

警戒を見せながら、親爺がうなずいた。

「じつは、昨日、ここを出た後……」

聡四郎が禁裏付が御所からではなく、南から二人揃って現れたことを話した。

「はあ、南からですか。昨日の何刻ごろで」

「七つ過ぎか、ちょうどくらいだと思う」

親爺の質問に聡四郎が告げた。

「槍は」

「しっかり立っていたな」

もう一つ尋ねられた聡四郎が述べた。

「その時分で行列に槍……やったら、木屋町や祇園《ぎおん》で遊んできたとは思えまへんなあ。遊んで遊べんことはおまへんやろうけど、鬼より怖い禁裏付はんが、堂々と昼遊びをしてはるというのは……」

高瀬川《たかせがわ》沿いで三条から四条にかけて見世《みせ》が並ぶ町を木屋町《きやまち》といい、四条にある祇園社の西南あたりに軒を並べる茶屋の町を祇園と呼び、洛中を代表する遊所であった。そこで禁裏付が遊んでいると目立っては、監察としての役目に差し障る。監察は清廉潔白でなければならない。遊所への出入りなど論外であった。

「木屋町とか祇園も昼遊びだけなのか」

江戸で武家は夜遊びが禁じられていた。京もそうなのかと聡四郎が問うた。

「そういえば、お役人はんが遊んではるという話は聞きまへんなあ。お大名がたの御用人はんや留守居役はんが通ってはるというのは、知ってますけど」

親爺が首をかしげた。

「それも禁裏付はんが揃ってとなると、わたいらでは思いもつきまへんわ。すんまへん」

わからないと親爺が詫びた。

「禁裏付はいつも七つごろに御所から百万遍の禁裏付屋敷へ帰ってくるのだな」

「へい」

念を押した聡四郎に親爺がうなずいた。

「助かった。玄馬、多目にな」

聡四郎が大宮玄馬に心付けを弾むように命じた。

「……おわかりになりましたので」

金を払い茶店を離れた大宮玄馬が、聡四郎に問うた。

「ああ、勤めが終わる前の禁裏付を、それも二人ともに呼びだせるのは一人だけ」

「京都所司代さま……」

聡四郎の答えに、大宮玄馬が理解した。

第五章　古都蠢動《しゅんどう》

一

吉宗は目の前で縮こまっている尾張藩付け家老成瀬隼人正を見下ろした。

「そなたが隼人正か」

「お初にお目にかかりまする。犬山《いぬやま》城主成瀬隼人正正幸《まさゆき》でございまする」

声をかけられた成瀬隼人正が額を御休息の間の畳に押しつけたままで応えた。

尾張藩の成瀬隼人正、紀州藩の安藤帯刀《たてわき》など御三家付け家老は譜代大名に準ずるとされている。もとが徳川家康の下で天下取りに腐心した譜代の家臣だったからだが、それも代を重ねるうちに形骸となり、今では家督相続のお礼言上《ごんじょう》以外で目通りをすることは叶わなくなっている。その成瀬隼人正が将軍居間の御休息の間に呼ばれるのは異例中の異例であった。

尾張藩主が国元で留守、あるいは病で登城できない、幼君で礼を尽くせないときなどは代理として伺候することはあったが、吉宗が将軍となってからは家督相続も代理登城もなく、今回が初めての目見えであった。

「婿が世話になったそうだの」

「……それはっ」

吉宗の嫌味に成瀬隼人正がおののいた。

「まあ、それはよい。すんだことだ。水城は生きておるでな」

「畏れ入りまする」

尾張藩の裏を見られたとして、東海道を下る聡四郎を追い回した成瀬隼人正にしてみれば、今回の呼びだしは恐怖でしかなかった。それを吉宗はすんだことだと始末を付けた。

「さて、それを踏まえて聞け」

無罪放免ではないと吉宗が掌を返した。

「ひくっ」

話が違うなどと将軍に抗議できるはずもない。成瀬隼人正は安堵した一瞬の隙を吉宗の卑怯《ひきょう》ともいうべき一撃で突かれた。

「先日、躬を狙って城内に侵入した者どもがいた」

「まさかっ」

淡々と言った吉宗に成瀬隼人正が驚愕した。

「お城に不審な者が入りこめるはずは……」

「ない。普通ならばな」

否定した成瀬隼人正に吉宗がうなずいた。

「手引きした者がいたのだ」

「一体誰が、そのようなまねを」

成瀬隼人正が思わず許しなく顔を上げた。

「そのためにそなたが呼ばれたのだ」

「わたくしが、その不審な者どもを……あっ」

じっと見つめる吉宗に、成瀬隼人正が気づいた。

「よほど九代将軍になりたかったのだろう」

「そんな、まさか、そこまで」

成瀬隼人正が驚愕した。

「どうするかは、言わずともわかろうな」

「お待ちくださいませ。その者たちが尾張とかかわりがあるとの証はございましょうか」

忖度《そんたく》を迫った吉宗に成瀬隼人正が抗弁した。

「…………」

無言で睨んだ吉宗に成瀬隼人正の腰が引けた。

「も、もちろん、わたくしは理解いたしておりまするが……」

「権中納言が認めぬと」

「そ、そのおそれがあるかと」

震えながらも成瀬隼人正が述べた。

「持って参れ」

「はっ」

吉宗の言葉に小姓数人が素早く動いた。御休息の間から見えない中庭縁側へ向かった小姓たちが次々に戻って来た。

「……これは」

小姓たちが抱えてきた太刀や脇差を成瀬隼人正の前に積みあげた。

「わからぬか。刺客どもが使っていた差料《さしりょう》じゃ」

「…………」

言われた成瀬隼人正が黙った。

武士の命をかける道具でもある太刀や脇差には、それぞれの思い入れが籠められている。

とくに太刀は先祖から受け継いだものであることが多く、周囲にも知られている。太刀の拵《こしら》えだけでも誰のものかを見分けられなければ、藩主や重役に目通りするために預けたりしたときにまちがいが起こりかねない。

太刀や脇差の取り違えは大事であり、場合によっては腹を切って詫びをしなければならなくなるときもあった。

「誰のものかを確認するために目付を出してもよいのだぞ」

「それはっ……」

吉宗の脅しに成瀬隼人正が顔色を失った。

目付が来る。それは有罪だということであった。

旗本のなかの旗本、幕府の監察として誇りを持つ目付に失敗はない。いや、失敗は許されなかった。

目付が出向いて、なにもなければ無能としての烙印を押される。他人に厳格を求める目付は失敗に対して進退伺いを出さなければならなかった。

進退伺いは他人に己の処分を預けるものだが、目付の場合は辞任と同意になる。つまり、目付になるまでの努力、就任してからの手柄、将来の立身のすべてを失うことになる。

当然、そうなってはたまらないので、なんとしてでも目付は有罪にしようとした。

「黙って持って帰れ」

吉宗が黙った成瀬隼人正を促した。

「なかったことにしてくださると……」

成瀬隼人正が吉宗の顔を見上げた。

「躬の憤りをなかったことにいたせ」

吉宗が成瀬隼人正を睨みつけた。

「…………」

その意味を悟った成瀬隼人正が息を吞んだ。

「主計頭《かずえのかみ》がよいの」

成瀬隼人正の衝撃を無視して、吉宗が続けた。

主計頭とは、継友の弟松平通春《みちはる》のことだ。吉宗が譜代衆として鷹狩りの供などをさせて寵愛している。

「そなたの手腕、見せてみよ。付け家老とは、御三家を守るためにある。その意味を重々考えてみよ。下がれ」

吉宗が手を振った。

「お、お待ちを。なにとぞ、なにとぞ、お考え直しを」

成瀬隼人正がすがった。

「下がれと申した」

不快そうに吉宗が頬をゆがめた。

「御三家は格別なお家柄でございまする」

「格別だから、なにをしてもよいと申すか」

「そうではございませぬが、神君家康さまのお血筋でございますれば」

「家康さまの名前を出せば、なんでも通ると思うなよ。今の将軍は躬である」

成瀬隼人正の願いを吉宗が蹴った。

「神君家康さまをないがしろに……」

「誰がそのようなことを申した」

さらに重ねようとした成瀬隼人正を吉宗が遮った。

「そもそも神君家康さまは幕府を末代まで残そうと力を尽くされたお方よ。その一つが将軍家の血筋が絶えたときのための御三家である」

「そうでございましょう。御三家は将軍家になにかあったときのために存続し続けなければなりませぬ」

吾が意を得たりと成瀬隼人正が勢いこんだ。

「将軍家に跡継ぎがなかったときに御三家は出る。ならば、将軍家の血筋が絶えなければ御三家は不要じゃな」

吉宗が口の端を吊り上げた。

「な、なにを。僭越《せんえつ》ながら、上様も将軍家にお血筋がなかったゆえに紀州から入られたのではございませんか」

成瀬隼人正が驚きを口にした。

「なればこそ、血筋が絶えぬようにせねばなるまい。御三家へ頼らぬ将軍継承を創《つく》ろうと思う」

「そんなことができるはずも……」

「できる。躬の子供に別家を立てさせ、御三家の上に置けばいい」

否定した成瀬隼人正に吉宗が応じた。

「御三家の上などあり得ませぬ」

「なに、将軍継承の順位が高いだけで官位は御三家より下でよい。別に領地もやらぬ。ただ、躬の血筋を維持するだけの家柄じゃ。江戸に留め置いて、家臣も旗本から出せば、金もかからぬ。こういう家を二つか三つ創る」

にやりと吉宗が笑った。

「御三家筆頭の尾張をないがしろにされるおつもりであらせられるか」

成瀬隼人正が怒りを見せた。

「その筆頭が将軍を襲ったのだぞ。本来ならば尾張は謀叛を起こしたとして、権中納言は切腹、藩は改易ぞ」

吉宗が笑いを消した。

謀叛は徳川の世でもっとも重い罪である。普通ならば本人は斬首、一族は磔から遠島になる。ただ、徳川家康における六男忠輝《ただてる》、二代将軍における三男忠長《ただなが》の前例があるため、御三家は打ち首にならないだけで死を免れることはなかった。

「…………」

成瀬隼人正が黙った。

「のう、隼人正。付け家老の責務はなんだ」

「御三家を守ることでございまする」

「だの。ならば、そなたが腹を切るか」

答えた成瀬隼人正に吉宗が軽く言った。

「わたくしが……」

「切腹は重い。それも付け家老のものともなればな。尾張への咎めは軽くなるぞ」

吉宗がじっと成瀬隼人正を見つめた。

「わたくしの命で尾張家が助かるならば……」

「もっとも、成瀬は断絶じゃ」

「えっ……」

覚悟を決めかけた成瀬隼人正が吉宗の追加の言葉で啞然とした。

「当たり前じゃ。そなたが腹切るのは、謀叛の罪を背負ってのこと。成瀬が潰れるのはもちろん、一族郎党死を賜る」

吉宗が氷のような声を出した。

「それにそなたが腹切ったとはいえ、尾張を無罪放免にはせぬ。付け家老が切腹せねばならぬほどの罪を尾張は犯したのだ。当然、当主は隠居、領地は……そうよなあ、半減したうえで九州にでも転じることになろう」

「わたくしの切腹が……」

死を賭しての嘆願が、かえって罪を確定させることになる。成瀬隼人正が混乱した。

「下がれ。これ以上は許さぬ」

呆然とした成瀬隼人正に吉宗が険しい声で命じた。

「……はっ」

これ以上の行動は将軍を怒らせる。

成瀬隼人正が悄然《しょうぜん》と御休息の間を下がっていった。

「上様」

無言で見ていた加納近江守が声を発した。

「どうするかの」

一転して楽しそうな表情になった吉宗が加納近江守に顔を向けた。

「権中納言さまが隠居なさるのでは」

「ふん」

加納近江守の推測を吉宗が鼻で笑った。

「そうあっさりと退くような者が、将軍殺しなどという大罪を犯そうとするものか」

吉宗が大仰に首を横に振った。

「なにより、隠居してしまえば将軍にはなれぬ」

隠居は世間から身を退くとの意味である。世捨て人に天下を治めることはできない。

「では、どうするとお考えでございましょう」

「左近衛権少将《さこんえのごんのしょうしょう》あたりを生け贄《にえ》に差し出すのではないか」

加納近江守の質問に吉宗が告げた。

「……左近衛権少将さまといえば、権中納言さまの弟で主計頭さまの兄」

「権中納言を崇敬し、躬のことが大嫌いな男だ」

吉宗が吐き捨てた。

松平左近衛権少将通温《みちはる》は、尾張藩連枝《れんし》の一人である。八代将軍に兄の継友がなると信じきっており、吉宗が選ばれたことをいまだに陰謀だと騒ぎたてている。主計頭通春とは逆に、吉宗も左近衛権少将通温を嫌い抜いていた。

「その左近衛権少将が家臣たちを遣って暴走した。そう持っていくだろうよ」

「左近衛権少将さまを差し出すとお読みでございますか」

加納近江守が吉宗の推測に驚きを見せた。

「将軍になれなかった理由を考えず、馬鹿をしでかす権中納言ぞ。今回の失敗も己が悪いとは思いもすまい。第一、躬に見抜かれているなどと考えてもおらぬさ。そこへ隼人正が駆けこんでみろ、権中納言は焦る」

吉宗が語った。

「ここで敗北を認め、大人しく隠居すれば見逃してやるがの。おそらくできまいよ、将軍に未練たらたらのようだからな」

「でございましょう。なにせ将軍は天下第一の地位」

「躬以上に幕府をうまく立て直せるというならば、いつでも譲ってやるがな」

吉宗がため息を吐いた。

「姑息《こそく》なまねしかできぬような輩に渡すほど、躬はあきらめはよくない。躬を直接狙わず名古屋の城下を、尾張の国を豊かにしたならば、こちらから天下を頼むと辞を低くして頼みにいったものを」

大きく吉宗が息を吐いた。

「さて、そろそろ主計頭を鍛えるか。権中納言の跡を継ぐことのできる左近衛権少将が脱落する。これで権中納言になにかあれば、次は主計頭だ」

「それを狙われて……」

成瀬隼人正を呼び出したところから吉宗の策は始まっていた。

小さく笑った吉宗に加納近江守が絶句した。

二

禁裏付の横暴を目《ま》の当たりにした聡四郎が衝撃を受けていたころ、京都所司代では松平伊賀守が、東西の町奉行を呼び出し、禁裏付にしたのとは少し違う話をしていた。

「新しい目付を、上様はお作りになるおつもりではないかと思うのだ」

京都町奉行二人を前にして、松平伊賀守が述べた。

「新しい目付でございますか」

京都西町奉行の諏訪《すわ》美濃守頼篤《よりあつ》が首をかしげた。

「ああ。余は遠国目付ではないかと思う」

「遠国目付……」

京都東町奉行の山口《やまぐち》安房守直重《なおしげ》が繰り返した。

「うむ」

重々しく松平伊賀守がうなずいた。

「そなたたちも目付が江戸から出たがらぬと感じておろう」

「たしかに」

「仰せの通りでござる」

松平伊賀守の確認に二人が同意した。

「目付は派手を好む。上様のお目に留まりやすい江戸城内での手柄を求める。手間がかかり、遠くまで出向かなければならないうえに果たして手柄にできるかどうかわからない遠国は、放置されていると言っていい」

「その代わりを我らがいたしておるのでございまする」

諏訪美濃守が発言した。

京都町奉行の役目の一つに洛中洛外、畿内の幕府領、寺社領の監察があった。

「そなたは京に来て四年になろう。なにかそれらで手柄を立てたか」

「……うっ」

松平伊賀守に突っこまれた諏訪美濃守が詰まった。

京都町奉行の職権は広い。それこそ江戸町奉行、勘定奉行、寺社奉行を合わせたほどある。とくに洛中の行政は代々武家へ反感を持つ京の町衆をうまくあしらいつつ、幕府の考えた方向へ指導しなければならず、かなりの手間を喰う。管轄区域の目付も兼任しているとはいえ、そちらへ力を傾注できる余裕はなかった。

「上様は厳しいお方である」

松平伊賀守が前置きをした。

「余を含めて、まだまだ足りぬとお感じなのではないか。幕政の無駄を上様は切り詰め、崩壊しつつある財政を立て直されようとしている」

「存じております る」

「我らもお考えに沿うように努力しておりまする」

二人の京都町奉行が首肯した。

将軍の考えに逆らう、あるいは応じられない役人ははじき出される。役人として無事に人生をまっとうしたいならば、上役の意志に従わなければならない。少なくとも従っているという振りを見せなければならなかった。

「ならば、言わずともわかろうな」

あえて松平伊賀守はどうしろと言わなかった。

「はっ」

「お心遣いかたじけのうございまする」

二人の京都町奉行が感謝して座を下がっていった。

「さて、禁裏付と京都町奉行を焚きつけた。これで余がなにもしなかったでは上様のお叱りを受けよう」

松平伊賀守が独りごちた。


翌朝、聡四郎は旅籠を引き払った。

「ありがとうございました。お気を付けて」

番頭が安堵の顔で聡四郎たちを見送った。

「面倒ごとが出ていってくれたと言いたかったのだろう。これが京か」

聡四郎が苦笑した。

「まったく、御上の役人をなんだと思っておるのでしょうや」

大宮玄馬が嘆息した。

「これも上様が見てこいと言われたものなのだろう」

「なのでございましょう」

聡四郎の感想に大宮玄馬が同意した。

「さて、まずは京都所司代へ参ろう」

「はい」

歩き出した聡四郎に大宮玄馬と傘助、猪太が従った。

京都所司代屋敷は二条城の北向かいにある。東が京都所司代役屋敷で西が下屋敷になっていた。

「公用人どのにお目にかかりたい」

京都所司代役屋敷で聡四郎は取次を求めた。

「お待ちを」

先日も会っている。名乗らなくとも取次役は、聡四郎の求めに応じた。

「どうぞ」

「待っておれ」

取次に案内されて聡四郎は客座敷へと通された。

「こちらでしばしお過ごしをくださいませ」

取次が丁重に聡四郎に座を勧めた。

聡四郎は、大目付あるいは勘定奉行が兼任する道中奉行の副役でしかなかった。

身分からいけば目付格といったあたりで、京都所司代とは比べものにならない。

しかし、役目を離れれば、義理とはいえ聡四郎は吉宗の娘婿になる。さすがに御三家ほどではないが、将軍一門として扱われた。

「お待たせをいたしましてございまする。松平伊賀守の公用人を務めまする海部《かいふ》大和《やまと》と申しまする。本日はどのような御用で」

壮年の藩士が客座敷の下座で手を突いた。

「伊賀守さまからすでに聞いておられるだろうが、しばらく京に在することになった……」

聡四郎が用件に入った。

公用人は老中や京都所司代、大坂城代などの大名が役を果たすときに設けられる。大名の家臣のなかでとくに気働きのできる有能な者が直臣格として、主の役目を補佐するもので、他の役人、大名との交渉から、役屋敷の運用までを差配した。

「承知いたしましてございまする」

聞き終わった公用人がすぐにうなずいた。

「お出入りはなさいましょうか」

「門限は守るつもりでおるが、いろいろと京を見て回りたいとは思っておる」

公用人の確認に聡四郎は無理は言わないと告げた。

「では、下屋敷の長屋をご用意いたしましょう」

うなずいた公用人が、役屋敷ほど出入りの厳密でない下屋敷の長屋を使ってくれと言った。京都所司代下屋敷の長屋は松平伊賀守の家臣が京で住むようにとのもので、身分や禄高によって広さが変わる。さらに、すぐにでも住めるように最低限の家具や夜具などは常備されていた。

「かたじけなし」

聡四郎が礼を述べた。

「では、早速に」

「その前に伊賀守さまとお話しいたしたいのだが」

腰を上げかけた公用人を聡四郎が制した。

「訊いて参りましょう」

公用人が中座した。

「水城が会いたいだと……」

御用の間で書付を見ていた松平伊賀守が公用人へと顔を向けた。

「ふむ。手前の客座敷か」

「はい」

公用人が首を縦に振った。

「行こう」

松平伊賀守が認めた。

なんの意味があるのかわからないが、役人は格があがるほど他人を待たせたがる。江戸城で老中への目通りを求めると、運が良くて小半刻《こはんとき》（約三十分）、悪ければ一刻は待たされる。

「余に話だと」

「……伊賀守さま」

待つほどもなく顔を出した松平伊賀守に、聡四郎の反応が遅れた。

「ご多用中に失礼をいたしまする。どうぞ」

上位を呼び出した形になる。聡四郎がまず詫び、上座を譲った。

「いや、気にせずともよい。で、どうした」

松平伊賀守が譲られた上座へ腰を下ろした。

「禁裏付のことでございまする」

「……禁裏付がどうかしたか。文句でもつけてきたのかの。子細を聞かせよ」

詳細を松平伊賀守が要求した。

「禁裏付の態度について伊賀守さまのご見識をお伺いいたしたく」

「態度……ああ、槍のことか」

考えるほどもなく、松平伊賀守が理解した。

「はい。あのような公家、町人を脅すまねは御上の名前にもかかわるのではございませぬか」

聡四郎が感じたことを口にした。

「たしかにの。余も初めて見たときは驚いたわ」

松平伊賀守が同意した。

「だがな、あれも禁裏付の役目なのだ」

「あれが役目だと」

聞いた聡四郎が唖然とした。

「のう、水城。なぜ、足利《あしかが》の幕府が力を失ったと思う」

不意に松平伊賀守が訊いてきた。

「足利幕府の崩壊……乱世になったことで、天下の諸大名への統率の力を失ったからではございませぬか」

少し考えて聡四郎は述べた。

「なぜ、乱世は始まったのか。乱世とは秩序の崩壊である。そして秩序の崩壊は、秩序を維持すべき幕府の権力が失墜《しっつい》したからだ」

松平伊賀守が語った。

「足利の将軍たちが武ではなく、雅《みやび》を競うようになった。つまり、将軍が公家と変じた。公家がなぜ衰退したか。自ら戦うことを忘れ、搾取《さくしゅ》さえも他人に任せるようになったからだ。力なき者に他人は従わぬ。戦いを忘れた足利将軍家は天下の諸大名から侮られ、幕府が定めた秩序が守られなくなり、乱世となった」

「では、禁裏付のあの態度は、徳川はまだ武の心を失っていないとの表れでございますか」

「そうだ。ああすることで京の公家たちに、徳川を侮ってはいけない、いつ、あの槍が本当に血塗られるかわからないという怖れを抱かせる。脅しこそ禁裏付の役目である」

「脅しが第一の役目とは、なんとも」

松平伊賀守の説明に聡四郎はため息を吐いた。

「おぬしの周囲に公家はおらぬのか」

「あいにく、もとは五百五十石の勘定筋でございましたので」

問うた松平伊賀守に聡四郎が苦笑した。

「上様の娘婿として世間が狭すぎるのではないか」

松平伊賀守があきれた。

「まあ、旗本と公家の縁など、そう御上が認めることではないが……」

そこで松平伊賀守が一度言葉を切った。

「……水城よ、公家の恐ろしさはどこにあると考える」

松平伊賀守が質問してきた。

「長き歴史による大義名分でしょうか」

「それもある」

聡四郎の答えを松平伊賀守は認めた。

「朝廷が任命するからこそ、徳川は征夷大将軍になり、幕府を開き、天下を支配できる」

松平伊賀守が続けた。

「これは名分である。朝廷には征夷大将軍を任命する権がある。だが、同時にこれは朝廷の弱さを示している」

「公家のなかから征夷大将軍を出せない」

「そうだ。公家に武力はない。ゆえに朝廷が征夷大将軍を武家に預けるのは、庇護《ひご》を求めることでもある」

「庇護……なるほど」

聡四郎は納得した。

「しかし、大義名分こそ公家の正体ではない。公家の恐ろしさは、扇動だ」

「扇動……何者かを促して何かをさせる」

「さようである。公家は己に力がない。だからこそ力ある者にすり寄り、生きてきた。それは力を失った者から離れるということでもある」

「…………」

驚きで聡四郎は言葉を失った。

「力を失った者から離れた公家は、新たな庇護者を求める。庇護者がなければ、京は荒れ果て、公家は生きていけぬからな」

そこで松平伊賀守が聡四郎の目を見た。

「問題はだ……ときの権力者を見限るのが公家というところだ」

松平伊賀守の声が低くなった。

「……公家が徳川を見限る」

「ああ」

悟った聡四郎に松平伊賀守がうなずいた。

「徳川に力なしと見た公家は、新たな庇護者を探す。密かに庇護者とならぬかと誘いをかけ、なると言った者を手助けする」

「公家の手助け……」

聡四郎が首をかしげた。

「さきほどおぬしが口にしたではないか。大義名分と」

「倒幕の大義名分……」

聡四郎が息を呑んだ。

「そうよな、例を出そうか。余は朝廷から伊賀守をいただいておる。だが、実際に伊賀国に行くわけでもなし、伊賀国の政をおこなうわけでもない。伊賀国は藤堂和泉守《いずみのかみ》どのがもので、余は一言も口を挟めぬ。これが現実だ。だが、名分だけでいければ、余は伊賀国を支配できる」

「形骸とはいえ、理由にはなると」

「うむ」

松平伊賀守が聡四郎の見解を認めた。

「征夷大将軍は一人きりだ。徳川を見限っても島津や毛利に征夷大将軍は与えられないが、右近衛大将や左近衛大将にはできる。水城、余も京都所司代になって初めて知ったが、幕府は征夷大将軍でなくとも、右近衛大将や左近衛大将でも開けるのだぞ」

「えっ」

意外な話に聡四郎が驚愕した。

「話を戻そう。もし、公家が徳川に力なしと読み、新たな庇護を西国大名に求め、征東大将軍の地位を与えれば……」

「倒幕の大義名分は立つ」

「徳川に恨みを持つ外様大名は、征東大将軍のもとに集まり、新たな乱世が始まる」

「乱世が始まってしまえば、天下は麻のごとく乱れましょう」

「多くの人が死に、家を焼かれ、財は奪われる。秩序は崩壊し、あらたな天下人が生まれるまで何年も何十年も苦難の日々が続く」

「それを公家が起こす」

「…………」

無言で松平伊賀守が肯定した。

「わかったであろう。禁裏付は脅しをせねばならぬのだ。まるで児戯《じぎ》のようだが、ああやって徳川は戦いを忘れていない、要りようならばいつでも槍を振るうと表明しているのだ」

松平伊賀守がなんとも言えない顔で述べた。

「伊賀守さまがお止めにならないわけがわかりましてございまする」

聡四郎は受け入れた。

吉宗の手足の一つである京都所司代松平伊賀守が禁裏付を咎めないというのは、吉宗がそれを黙認しているからだと聡四郎は悟った。

三

聡四郎が松平伊賀守と会っているとの情報を、しっかり京都町奉行の二人は摑んでいた。

松平伊賀守から聡四郎のことを報された昨日のうちに東西京都町奉行所は、あっさりとその宿泊していた旅籠を特定、見張りをつけていたのである。

「なにかを報告にいったのか……」

京都東町奉行山口安房守が首をかしげ、

「どうにかして話の内容を知れぬものか。所司代の誰かを籠絡《ろうらく》できぬかの」

西町奉行諏訪美濃守が腕を組んだ。

「まったく、京の闇を支配していた者どもがいなくなったおかげでその辺の小者の統制が失われ、些細なもめ事が増えているときに」

諏訪美濃守がぼやいた。

京の闇は木屋町の利助のもとに統一された。とはいえ、利助がすべてを手に入れたわけではなかった。

利助に反対する者、親方を失って重石《おもし》の取れた者が現れ、好き勝手なまねをし出した。

「この辺りは今後、おいらが締めるで」

門前の茶店に冥《みょう》加金《がきん》と呼ばれる上納金を強要したり、

「新たな賭場を作るよって、方丈《ほうじょう》を貸せや」

名刹《めいさつ》と呼ばれる寺院に押し入ったりといった事件が増えていた。

京では町屋だけでなく寺院も町奉行の担当になる。こういった苦情は、すべて京都町奉行所へ来るのだ。それが増えた。

「なにとぞ、お見廻りを」

「あのような輩が山門を潜るなど、御仏のお怒りを買い、よくないことが起こりますぞ」

京都町奉行所としては、これらの申し立てに対応せざるを得ない。できなければ口さがない京衆の悪口《あっこう》はたちまち広がり、幕府の名前にかかわってくる。

「与力、同心を増やすわけにはいかぬというに」

人手が足りないというのに、手当てせねばならぬところが多くなった。京都町奉行の二人は、激務に翻弄されている。

そこへ聡四郎のことが京都所司代松平伊賀守から持ちこまれた。

「なぜ、こんなときに来るか」

諏訪美濃守、山口安房守の怒りが聡四郎へと向けられたのも当然であった。

「かといって、水城は上様の娘婿だという。うかつな手出しはかえって災難を呼びかねない」

吉宗の苛烈さは、京にまで届いている。吉宗を怒らせた老中は罷免、大奥を差配していた天英院は幽閉された。

「なれど、このまま辛抱などできぬわ」

疲労は心のゆとりまで侵食する。

京都東町奉行山口安房守が不満を口に出した。

吉宗が将軍になってから京都西町奉行になった諏訪美濃守は、その前から京へ赴任しているため、まだそのあたりが甘かった。

対して禁裏付から京都東町奉行に抜擢されていた山口安房守は違っていた。

「いつまで京におればよいというのだ」

元禄十一年（一六九八）に禁裏付となってからを合わせると山口安房守はおおよそ二十年、江戸へ戻っていない。禁裏付から京都町奉行へは栄転には違いないが、それでも遠国勤務が続くのは辛い。どうしても中枢から遠ざけられているという感が拭えないからであった。

「闇は遣えぬ」

どれほど頭に血が上っていようとも、町奉行が闇と手を組むわけにはいかなかった。もし、それが他人に知られれば、切腹、改易は避けられない。

「宇部《うべ》」

山口安房守が手を叩いた。

「お呼びで」

すぐに執務室の襖が開いて、中年の武士が顔を出した。

「何人出せる」

「……今は厳しゅうございまする」

宇部と呼ばれた中年の武士が首を横に振った。

「同心に幾人か余裕はあろう」

「とんでもございませぬ。嵐山《あらしやま》の茶店をはじめとする巡回の増加、大徳寺塔頭《だいとくじたっちゅう》からの申し出ほか十二の寺院の立ち寄り、普段の務めよりもはるかに手間が増えておりまする。とてもそのなかから人を割くなど無理でございまする」

山口安房守の言葉に宇部が答えた。

「それをなんとかするのが、取次たるそなたの役目であろう」

取次は山口安房守の家臣ながら、京都町奉行所の内政を預かる与力格である。町奉行と町奉行所の役人の間も取り持ち、山口安房守が円滑に職務を遂行できるように手配をした。

「なにをなさりますので」

取次が山口安房守の意図を訊いた。

「そなた、水城聡四郎を知っておるな」

「今朝方、番方同心から報告があったお旗本のことでございますな」

確認する山口安房守に宇部が応じた。

番方とは江戸町奉行所における定町廻《じようまちまわ》りに当たる。洛中のことならば、知らないことはない腕利きであった。

「その水城は、遠国目付の準備として京洛へ来たらしい」

「遠国目付というお役目ができると」

「上様がお考えだと伊賀守さまより教えられた」

「京都所司代さまからなれば、まちがいはありませんな」

宇部が納得した。

「まずいだろうが」

山口安房守が口調を荒いものにした。

「禁裏付、京都町奉行と職権が一部とはいえ被るだろう」

「はい。ですが、遠国目付ができてその部分をお任せできれば、余裕が生まれるのではございませぬか」

京都町奉行の職務は京都所司代、伏見奉行の役割も引き受けた結果、まさに猫の手も借りたい状況に陥っている。

宇部の提案もおかしなものではなかった。

「愚か者が」

山口安房守が宇部を叱りつけた。

「そなたは、余に役立たずの烙印を押したいのか」

「そ、そんなことは……」

主君の怒りに宇部が慌てた。

「わかっておらぬ。そなたを取次にしたのはまちがいであった」

大きく山口安房守がため息を吐いた。

陪臣ながらその役にある間は直臣格を与えられる取次には幕府から禄が支給される。八十俵足らずとさほどではないが、京都町奉行を拝命する千石内外の旗本の家臣としては高禄になる。大名の家老にあたる用人でさえ、五十俵から六十俵で、百俵など分家でもなければもらえないのが、旗本の家臣である。その役にある間とはいえ、八十俵という禄は望外の高禄といえた。

「殿、お許しを」

なにが主君を怒らせたのかわからなくとも、頭を下げるのが家臣として生き残る術である。宇部が平蜘蛛のように這いつくばった。

「役人がその権の一つを失うというのが、どれほどのことだかわかっておるのか。一度失った権は決して返ってこぬ。たしかに遠国目付の部分を切り捨てられれば、それだけ執務は減り、人手にも余裕はできよう。だが、京都の役人たちの歴史にそれが刻まれるのだぞ。禁裏付から京都町奉行へ移った余の名前が、両職の権を失ったときの担当だとしてな。役目の権益さえ守れなかった者に、それ以上の重責をこなす役目が与えられるわけなかろう。よいか、余は京都町奉行をこなし、なんとか江戸へ帰りたいのだ。二十年だぞ、それだけ遠国で苦心してきたのだぞ。勘定奉行、町奉行での凱旋《がいせん》をせねばたまらぬわ」

山口安房守が口角《こうかく》泡を飛ばして語った。

遠国奉行の一つである京都町奉行の役高は一千五百石である。山口安房守も京都町奉行となったときに加増された。そして勘定奉行、町奉行の役高は三千石になる。三千石ともなれば、旗本のなかでも高禄になり、格も寄合へと昇る。戦がなくなった泰平の世で禄を増やすには出世するしかない。その出世の頂点に山口安房守は手の届くところまで来ている。

「ここで躓《つまず》くわけにはいかんのだ」

大きな声を山口安房守が出した。

「よいか、遠国目付が創立されたら、そなたは放逐《ほうちく》じゃ」

「ひえっ」

冷たい目で睨む山口安房守に宇部が腰を抜かした。

泰平で人余りの今、放り出されたら次はない。浪人に新たな仕官はよほど能力がなければ無理であった。

「な、なんでもいたしまする。どうぞ、どうぞ、お怒りをお収めくださいませ」

宇部が額を畳にこすりつけた。

「今回だけ許す。人手を用意いたせ」

「何人でも出しまする」

取次は京都町奉行所で筆頭与力よりも格上の扱いを受ける。宇部の指図を断れる与力同心はまずいない。

「なにをさせましょう」

肝心のことを宇部が問うた。

「手出しは許さぬ」

山口安房守が釘を刺した。

「跡形もなく、一行すべてを片付けられるというならば別だがな」

「…………」

付け足した山口安房守に宇部が沈黙した。

「そのあたりは、そなたが判断いたせ」

山口安房守が後ろ暗い話を宇部に投げた。

「集めた者どもにさせるのは、遅滞だ」

「……ち、遅滞でございますか」

宇部が怪訝な顔をした。

「そうだ。水城たちが京洛でなにをしようとしているかを把握し、それの達成を阻害せよ」

「つまりは邪魔をいたせばよろしいのでございますか」

宇部が確かめた。

「そうだ。足を引っ張ってやれ。なにもできず、なんの成果もなく京洛から出ていくしかないように仕向けよ。わかったならば、さっさと行け」

うなずいた山口安房守が告げた。

「元気にしてはりますかの」

藤川義右衛門のもとへ、木屋町の利助が訪ねて来た。

「これは義父どの。本日はいかがなされた」

「娘の顔を見に来たんや」

木屋町の利助が笑った。

「勢《せい》ならば、別宅でございまするが」

ここは闇の親分としての仕事をするための場所だと、藤川義右衛門が首を左右に振った。

「別宅はどこやったかの。いやあ、歳を取ると物忘れが激しゅうてな」

木屋町の利助が笑いを消さずに述べた。

「案内させましょう。おい、笹助」

「はっ」

隅で控えていた笹助に藤川義右衛門が木屋町の利助の面倒を任せた。

「すまんの。ほな、またな。婿どのよ、一度品川にも遊びにおいで。ええ女がおるで、品川には」

娘婿を女遊びに誘って木屋町の利助が出ていった。

「下見か」

闇に親子も兄弟もない。いや、なにかあったときに縄張りの権利を主張できる血縁ほど敵になる。藤川義右衛門が木屋町の利助の目的をそう考えたのも当然であった。

命がけで奪った品川をあっさりと義父木屋町の利助に譲った藤川義右衛門は、隣接する高輪《たかなわ》から順番に支配地を増やしていった。

品川は東海道の宿場で江戸町奉行所の支配が及ばない。そのわりに江戸から日帰りで遊びに行ける近さにあるため賭場や遊廓が林立し、大きな利を生み出す。そこをあっさりと木屋町の利助に渡したのは、完全に手中とするには手間がかかりすぎるからであった。利権が大きいだけに、絡んでくる者も多い。そういった連中を従わせ、あるいは殺して品川を完全に物にする。親分を殺したくらいで縄張りは手に入らない。

こうして藤川義右衛門は江戸の闇を手にしようとする木屋町の利助を足留めし、その間に中小の縄張りを押さえ、勢力を拡大しようとした。

「品川を完全に吾がものとしたか。思ったよりも早かったな。さすがは京で聞こえた親分だけのことはある」

藤川義右衛門が木屋町の利助の見事な手腕を褒めた。

「今回の視察次第では、始まるな」

品川から江戸へ手を伸ばすための足がかりとなる高輪や浜町の縄張りは藤川義右衛門が落としている。一応、身内衆なので木屋町の利助の配下たちが藤川義右衛門の縄張りを通過するのは問題ない。だが、やはり迂遠《うえん》になってしまう。いかに親子とはいえ、人の縄張りに手下の宿《やさ》を作るわけにはいかないし、不足が出たときに調達の声をかけるわけにもいかない。動きに大きな制限がかかるのだ。

「やるか」

藤川義右衛門が肚をくくった。

「勢の身体は惜しいがな」

木屋町の利助と敵対するとなれば、その娘を嫁にはしておけない。女だからといって舐《な》めていると痛い目に遭うのが闇である。

それこそ閨《ねや》で女と睦言《むつごと》を交わしている最中に殺された親分は少なくない。

「代わりはいくらでもいる」

藤川義右衛門が感情のない声で呟いた。

「……おまえさんは、なんちゅう名前やったかな」

藤川義右衛門のもとから離れたところで木屋町の利助が笹助に問うた。

「岩見《いわみ》笹助でござる」

「苗字持ちかいな。ということは伊賀の忍やな」

「さよう」

確かめた木屋町の利助に笹助がうなずいた。

「藤川はんはどうや」

「よき頭領でござる」

訊いた木屋町の利助に笹助が答えた。

「そうかいな。ええこっちゃ。上ができると下は楽やでな。黙って付いていくだけですむさかいな」

「…………」

木屋町の利助の言葉に笹助はなにも返さなかった。

「で、縄張りはどれだけあるねん」

「縄張りのことは、それぞれの小頭が預かっているので、拙者は知りませぬ」

笹助が首を横に振った。

「ほう、側に置いてるおまえさんにも教えてないんかいな。それはあかんがな。狭量やと言われるで」

「…………」

今度も笹助は無言であった。

「いくらもろうてるねん」

木屋町の利助が尋ねた。

「月に十両」

「……そんだけかいな」

わざとらしく木屋町の利助が驚いて見せた。

「うちやったら倍はもらえるのにな。まあ、新しく縄張りを持ったばかりやさかいしゃあないけどな。親分ちゅうのは、子分を大事にしてこそや。ちいと意見するかいの」

木屋町の利助がじっと笹助を見た。

「あちらでござる」

笹助が目を合わさずに、腕をあげて一軒のしもた屋を示した。

「着いたんか」

あっさりと木屋町の利助が話を打ち切った。

「ほな、ありがとうな。娘に会《お》うたら適当に帰るよって。ここでええわ」

木屋町の利助が笹助に手を振った。

「承知いたした」

「……品川に遊びにおいで。待ってるよってな」

背を向けた笹助に木屋町の利助が言葉をかけた。

「近いうちにきっと」

振り返らず、笹助が口のなかで応じた。

四

しばらく京にいろと言われても、なにをしろとの指図はない。

「上様らしいといえばらしいのだが……吾のような小禄で権もない小旗本になにを期待されているのやら」

京都所司代下屋敷の長屋で一夜を過ごした聡四郎が朝餉を終えた後、小さくため息を吐いた。

「やはり京といえば、お公家衆ではございませぬか」

大宮玄馬が言った。

「公家衆か。どうしたものかの」

聡四郎は戸惑っていた。

「一度お目通りを願ったお方がございました。そのお方におすがりしてみては」

「竹姫さまのご実家か。清閑寺《せいかんじ》権大納言さまであったな。竹姫さまを上様のご継室としてお迎えするための交渉で御子息の権中納言さまにお目通りを願ったの」

大宮玄馬の提案に聡四郎が思い出した。

「ふむう。頭で考えてもよい案は出ぬ。そうするか」

聡四郎が同意した。

「おまえたちは好きに過ごしていよ。所司代の方々に迷惑をかけぬようにな」

傘助と猪太に小粒金を一つずつ渡して、聡四郎は大宮玄馬を供に京都所司代下屋敷を出た。

「あれか」

京都所司代下屋敷を見張っていた京都東町奉行所の同心が、小者に確認した。

「はい。昨日、旅籠を出るところを見ました」

小者が保証した。

「どこへ行くか、まずは見極めよ」

同心が小者を促して、聡四郎の後をつけ始めた。

「……あそこであったな」

公家も表札をあげていない。聡四郎は記憶を頼りに清閑寺権大納言の屋敷を探した。

町奉行所の同心は探索方であり、他人の後をつけるのも任の一つである。武芸達者な聡四郎と大宮玄馬の察知を避けるようかなりの距離を空けており、二人とも気づいていなかった。

「であったかと」

大宮玄馬がうなずいた。

「案内を請《こ》うて参りまする」

「頼む」

前触れをしに行く大宮玄馬を聡四郎は見送った。

聡四郎の身分ともなると、一人でどこかを訪れるということはできなくなる。かならず供を連れなければならないし、訪《おと》ないも己を、では入れない。礼儀と格式で生きている公家だけに、無駄な手順でも踏まなければ相手にしてくれないことがある。場合によっては、軽くあしらわれるときもあった。

「道中奉行副役、水城聡四郎。清閑寺権大納言さまにお目通りをいただきたく、参上つかまつりましてございまする」

大宮玄馬が清閑寺権大納言家の正門に向かって声をかけた。

「水城聡四郎さま……前にもお見えになられたお方さまで」

門番代わりの雑掌が聡四郎の名前を覚えていてくれた。

「さようでござる」

「御所はんに聞いて参りますよって、しばし、お待ちを」

うなずいた大宮玄馬に雑掌が応じた。御所とは天皇の居ではなく、この場合は公家の当主のことである。

「水城やと……かって竹のことで来おった幕府の旗本であったの。なんの用じゃ、竹のことは潰《つい》えたはずでおじゃるぞ」

雑掌から来訪を報された清閑寺権大納言が首をかしげた。

「用件はわかりまへん」

雑掌が首を横に振った。

「面倒ごとはかなんねんけどなあ。近衛はんに睨まれとうはないし、おらへんとは言えんわな」

「すんまへん」

都合を聞いてくると雑掌が言っている。今更居留守は使えなかった。

「竹のことへの詫びか。将軍から見舞い金ももろうたしな」

吉宗と竹姫の婚姻が六代将軍家宣の正室天英院の実家、近衛家の横槍で破れたとき、かなりの金額が幕府から清閑寺権大納言家へ贈られていた。

「無下《むげ》にもできんのう。しゃあない。ちょっと話をするだけや」

清閑寺権大納言が目通りを認めた。

戻って来た雑掌の案内で、聡四郎は書院の庭へと通された。

前回は非公式とはいえ、吉宗の代理であったので座敷に通されたが、今回は違う。いかに幕府役人とはいえ、聡四郎は無位無冠でしかない。従二位権大納言との対面には庭先となるのは当然であった。

「お目通りを許されましたことを感謝いたしまする。権大納言さまにおかれましては、ご健勝《けんしょう》のご様子、恐悦至極《きょうえつしごく》に存じまする」

「水城と申すか。先日は、息《そく》が会ったそうじゃの。竹のことか」

庭先に片膝を突き、頭を垂れた聡四郎に縁側で立ったままの清閑寺権大納言が対応した。

「竹姫さまはお健《すこ》やかにお過ごしでございまする」

「そうか、それはなによりじゃ。竹は江戸へやった娘ゆえな、将軍家に任せるしかない。よく慈しんでやってくれや」

竹姫の現状を報告した聡四郎に清閑寺権大納言が礼を言った。

「で、今日はなんじゃ」

清閑寺権大納言がさっさと対面を終わらせたいとばかりに用件を訊いた。

「はっ、お言葉に甘えまして、お願いを申しあげまする」

聡四郎が京へ来た経緯を話した。

「……将軍家より京を見て来いと。漠然としすぎておるの」

聞いた清閑寺権大納言が首をかしげた。

「権大納言さまほどのお方でも悩まれるのでございまする。わたくしのような浅学《せんがく》非才《ひさい》の者にとっては、なにをどうしてよいのかわかりませぬ。かといって主命は果たさねばなりませせぬ」

「なるほどな、それで麿《まろ》を頼って来たのでおじゃるな」

清閑寺権大納言が納得した。

「京を見るか……むうう」

考え出した清閑寺権大納言が唸った。

「京と言えば、やはり御所であるの。じゃが、そなたは無位無冠じゃでな。昇殿させるというわけにもいかぬし……」

御所へ連れて入るわけにはいかないと清閑寺権大納言が首を横に振った。

「次は我ら公家だが……」

難しそうな顔で清閑寺権大納言が聡四郎を見た。

「そなたは近衛はんに睨まれておるでのう」

清閑寺権大納言がため息を吐いた。

「わたくしごときが、近衛さまに」

聡四郎が驚いた。

「どうだと思っておったのじゃ。そなたは竹のことについて、将軍家の代理であったのじゃぞ。さらに御広敷用人であったか、大奥を差配する役目にも就いておった。そのときに天英院どのを荒く扱った」

「…………」

どちらも身に覚えがある。聡四郎は黙るしかなかった。

「危のうて、公家の誰にも紹介でけへんわ」

清閑寺権大納言が苦笑した。

「わかりましてございまする」

聡四郎は清閑寺権大納言の助力をあきらめた。

「お忙しいところお目通りをいただき、かたじけのうございました。これにて失礼をいたしまする」

下がれと言われてないが、清閑寺権大納言も迷惑がっているように見える。聡四郎が辞去《じきょ》することへの許しを求めた。

「……五条《ごじょう》丸太町《まるたまち》の出雲《いずも》屋を訪ねてみたらええ。麿の名前を出せば、主が力になってくれるやろう」

清閑寺権大納言が小さな声で告げた。

「…………」

無言で聡四郎は頭を下げ、そのまま庭を後にした。

「考えてみたら、あれが竹の身を守ってくれたんやな」

縁側に立ったままで清閑寺権大納言が独りごちた。

大宮玄馬は清閑寺権大納言家の門脇で聡四郎を待っていた。

「……犬の鳴き声」

ふと大宮玄馬が耳をそばだてた。

「ああ、犬でんな。このあたりは野良犬が多いよって、いつものことですわ」

門番の雑掌が述べた。

「江戸も野良犬が多いところでござる」

「そうなんや。京も多いでっせ。ほんま、毎朝、犬の糞を拾わなあかんのが邪魔くそうてなあ」

雑掌が嘆息した。

「外を見ても」

潜戸《くぐりど》には誰が来たかを確認するための小窓が付いていた。それを使う許可を大宮玄馬が求めた。

「犬なんぞ見たいのかいな。物好きなこっちゃ。好きにお使いやす」

雑掌が笑いながら首肯した。

「遠慮なく」

一礼して、大宮玄馬がのぞき窓を少しだけ開けた。

「……犬はあの辻側か。どこへ向かって吠えている……辻奥に……顔か、あれは」

辻角から片目だけが出ているのを大宮玄馬は発見した。

「こちらを見ている……」

大宮玄馬が目をすがめてよく見ようとした。

「…………」

一瞬、男が姿を見せ、犬を蹴飛ばそうとした。

「町人か。いや、あの尻端折《しりはしょ》りをした姿は見覚えがある」

大宮玄馬が険しい表情をした。

「玄馬、待たせたな」

そこへ聡四郎が戻ってきた。

「殿、お迎えもせず、申しわけございませぬ」

あわてて大宮玄馬が窓から目を離した。

「どうかいたしたのか」

その様子に聡四郎が怪訝な顔をした。

「どうやら見張られておるようでございまする」

「見張りか。気づかなんだ」

大宮玄馬に言われた聡四郎が悔しそうな顔をした。

「あの辻角に男が隠れておりまする」

すっと大宮玄馬が窓の前を譲った。

「……よく気づいたの」

窓を覗きこんだ聡四郎が感心した。

「野良犬が吠えたのでございまする」

大宮玄馬が犬の手柄だと伝えた。

「犬に吠えられただと……伊賀者ではないな」

聡四郎が思案に入った。

忍はその名前のように、密かにあるものだ。それこそ蜘蛛が顔に巣を張り、足に蝮《まむし》が巻き付いても黙然としていられなければならず、動物たちに警戒もさせない。その忍が野良犬に吠えられるはずはなかった。

「ふむ。どんな男だ」

たしかに人が隠れているとはわかるが、風体《ふうてい》までは認識できない。聡四郎が大宮玄馬に問うた。

「尻端折りをした町人でございまする」

「まるで御用聞きではないか」

「殿もそうお考えでございまするか」

大宮玄馬が同じだと言った。

「御用聞きとあれば、京都町奉行所だな。禁裏付だというならば、まだわからぬでもないが……京都町奉行どのとかかわった覚えは一切ない」

「殿のことを知らず、どこかの藩士、あるいは裕福な浪人だと見ているのではございませんか」

首をかしげる聡四郎に、大宮玄馬が推測をたてた。

「家臣を持つ浪人などおらぬぞ」

浪人は主君がいない武家のことを指す。

「なにをしてはりますねん」

主従で話をしているところに雑掌が割りこんだ。

「帰らはんねんやったら、さっさとしておくれやすな」

雑掌が急かした。

「すまぬ」

旗本に無礼な口の利きようであったが、清閑寺家ほどの公家ともなると雑掌でも初位《しょい》くらいの官位を持つ。聡四郎よりも宮中での格は高い。

「見つけた以上は正体を見極めることもできよう。とりあえずは出よう」

雑掌に詫びた聡四郎が、大宮玄馬を促した。

「はっ。では、お願いをいたしまする」

「へいへい」

大宮玄馬に言われた雑掌が安堵した顔で潜戸を開けた。

「お邪魔をいたした」

外へ出た聡四郎はあらためて清閑寺家へ一礼して、見張りの待つ角へと足を向けた。

「お先を仕《つかまつ》りまする」

すっと大宮玄馬が警戒のため前に出た。

「お話はいかがでございました」

清閑寺家に入るまで見張られていたとしたら、入るまで二人で話していたのを見られている。それが出てきてから無言ではおかしくなる。

大宮玄馬がさりげない風で訊いた。

「よきお話をいただけた」

聡四郎も応じた。

武芸者でもある聡四郎と大宮玄馬の足は速い。すぐに問題の角へと着いた。

「では、この後はどちらに」

まったく気づいていない振りで大宮玄馬が角を通過した。

「五条へ向かう」

聡四郎も目をやることなく続いた。

「…………」

後をつけていた小者がじっと息を凝らして見送った。

「行ったようやな」

同心が近づいてきた。

「あれは清閑寺はんのお屋敷やろ」

「たぶん、そうですわ」

同心の確認に小者がうなずいた。

「よろしいんでっか、旦那。清閑寺はんいうたら、お公家はんでもかなり上でっせ。

そのお屋敷に出入りできるお人の後をつけるなんて、ばれたらえらい目に遭いまっせ」

小者が脅えていた。

「なんや、おまえ、怖いんかいな」

同心があきれた。

「後をつけただけやったら罪にはならん。気にしいな。それよりお奉行はんの機嫌を損なうほうがまずいわ」

「たしかにそうでっけど」

まだ小者が渋った。

「はああ、文句言わんとさっさとせんかい。十手取りあげるで」

ため息を吐いた同心が、小者を脅しあげた。

「へい」

小者があわてて角から出ていった。

「殿」

叱られて気を乱している小者の尾行など、振り向くまでもなく気づける。大宮玄馬が小声で告げた。

「もう一人おるな」

聡四郎は同心の気配も感じ取った。

「ちょっと確かめてみまする」

大宮玄馬が、屈《かが》みこんで草鞋の紐を結びなおした。

「着流しで黒の羽織を着けた武士でございますな」

ちらと後ろを窺った大宮玄馬が述べた。

「……町奉行所の同心か」

すでに小者を御用聞きと見て取っている聡四郎である。すぐに武士の正体に気づいた。

「お待たせを申しました」

大宮玄馬が聡四郎へ向かって頭を下げ、歩き出した。

「町奉行所がつけてきている……」

合わせながら聡四郎が思案に入った。

「理由がわからぬ」

聡四郎は意味がわからなかった。

「五条のどのあたりでございましょう」

「……丸太町との角、出雲屋という店だ」

考えているうちに五条まで来ていた。詳細な場所を問われて聡四郎はようやく思案から脱した。

「……あれでございますな。前触れをいたしまする」

大宮玄馬が速足になった。

「ここは炭屋か」

出雲屋の看板を見上げた聡四郎が独りごちた。

「殿」

「ようこそのお見えでございまする」

大宮玄馬と番頭らしき中年の男が聡四郎を迎えた。

「世話になる。御上道中奉行副役、水城聡四郎である」

「当家の番頭、嘉右衛門《かえもん》でございまする。どうぞ、奥へお出でくださいませ」

名乗った番頭が聡四郎を店のなかへと誘《いざな》った。

「おいおい、清閑寺はんの次は御所出入りの炭屋出雲屋かい。京でも指折りの金満やないか。これはお奉行はんにお報せせなあかん」

同心が目を大きくした。

「儂《わし》はお奉行はんのもとへ行くさかい、おまえはちゃんと次どこに回ったか、確かめとけよ」

「だ、旦那、一人きりはご勘弁を」

すがる小者を無視して同心が駆け出していった。

「なんや。あれは東町の瀬野《せの》やないか」

慌てる同心を別の同心が見ていた。東町奉行所だけでなく、西町奉行所も聡四郎の動向をやはり見張っていた。

「これはご相談せんならん」

西町奉行所の同心も踵を返した。


「お奉行さま」

戻った同心が山口安房守のもとへと駆けこんだ。

「どうした、瀬野」

執務を中断して山口安房守が瀬野を見た。

「水城が……へ参りましてございまする」

「清閑寺さまと出雲屋だと」

聞いた山口安房守が驚愕した。

「清閑寺さまは朝廷の重鎮、出雲屋は京の商人を取りまとめる豪商。その両方と水城は繋がりがあるのか。それとも、上様の御指図……」

山口安房守が表情を険しくした。

「いや、そこまで上様が遠国目付の創設に本気であらせられると……」

瀬野を放り出して、山口安房守が考えに耽《ふけ》った。

「京は歴史を重んじる町だ。そこで新しいものは受けいれられぬ。まず、遠国目付は失敗する。それを上様はおわかりでない。幕政を改革されようというのはいいが、京はいじってはならぬのだ。うかつに変えれば、朝廷から大きな反発を受ける」

山口安房守が独り言を続けた。

「朝廷との不仲を招いたとしたら、その責は誰が取る。上様ではない。上様の娘婿の水城でもない。京にいる我らだ」

「…………」

その内容に瀬野が身を縮めた。

「所司代さまはいい。上様の引きだからな。問題は余だ。もっとも長く京にいる余が責任を負わされる。なんとかせねば……宇部、宇部」

山口安房守が取次を呼んだ。

「……瀬野、まだきさまいたのか。聞いたな」

「い、いえ」

ようやく気づいた山口安房守に睨まれた瀬野が震えた。

「わたくしはこれで」

「ならぬ。聞いた以上は、そなたも一緒じゃ」

山口安房守が逃がさぬと瀬野を留めた。

「お呼びでございますか」

宇部が姿を現した。

「禁裏付の二人に来てくれるようにと伝えろ」

「……はっ」

宇部が怪訝そうな顔で瀬野をちらと見て出ていった。

「瀬野、もう一度、水城の見張りに出よ。誰と会い、なんの話をしたか調べよ」

「はい」

「逃げるなよ」

首を縦に振った瀬野を山口安房守が睨みつけた。

京都西町奉行の諏訪美濃守は同心の報告に首をかしげた。

「東町の同心が……ふむ。安房守どのはもと禁裏付じゃ。遠国目付新設が気になるのはわかる。とはいえ……上様のお考えに従わぬおつもりではないと思いたいが」

諏訪美濃守が首をかしげた。

「……気をつけておくべきか」

しばし考えた諏訪美濃守が結論を出した。

「瀬野と申した東町の同心を見張れ」

諏訪美濃守が命じた。

光文社文庫

文庫書下ろし／長編時代小説

動《どう》　揺《よう》　聡《そう》四《し》郎《ろう》巡《じゅん》検《けん》譚《たん》㈢

著者　上《うえ》田《だ》秀《ひで》人《と》

2019年1月20日　初版1刷発行

発行者　鈴木広和
印刷　萩原印刷
製本　ナショナル製本

発行所　株式会社　光文社
〒112-8011　東京都文京区音羽1-16-6
電話（03）5395-8149　編集部
8116　書籍販売部
8125　業務部

落丁本・乱丁本は業務部にご連絡くだされば、お取替えいたします。
ISBN978-4-334-77781-4　Printed in Japan

組版　萩原印刷

KOBUNSHA